エネルギーフォーラム出版案内

https://www.energy-forum.co.jp

2024 11

●弊社に直接ご注文される場合は国内送料実費をご負担ください。●価格などは2024年11月現在のものです。●ホームページで新刊図書をご案内しております。

株式会社エネルギーフォーラム
〒104-0061 東京都中央区銀座 5-13-3　tel 03-5565-3500　fax 03-3545-5715

跳ねる、跳ねる。

佐藤 凜
Rin Sato

エネルギーフォーラム

もくじ

この作品はフィクションであり、実在する人物・地名・団体・施設などとは一切関係ありません。

跳ねる、跳ねる。

一．知らないって弱い

鋭く浮き出たアキレス腱《けん》とその延長で息づく脹脛《ふくらはぎ》。緩く曲がった膝《ひざ》が調和をとって、上半身は砂利場と平行に倒れる。振られた腕は砂利をかすめて、私が見つけた美しく平たい石は放たれた。

跳ねる、跳ねる。

対岸まで届くかと思われたが、ごく軽い水音でかわいい期待は裏切られ、私は次を探した。丸くころりとしていては駄目らしい。角ばっているのも駄目らしい。つるりとした乳白色の石を見つけて、ポケットに忍ばせた。それは翌日、洗濯槽《そう》を酷《ひど》く傷つけ、私は母に叱られた。

「これは？」

「いいね」

今度こそ、と父は言ったけれど、跳ねる前に沈んだ。私の石が悪かったか、父が悪かったか、それとも私の願いが父の身体を重くしたか。なんにせよ、いたく残念だった。やってみるかと言われて、でも私は首を振った。川に背を向けた父の背中には恐竜みたいな骨が浮いていて、それを一枚引っぺがせばさぞよく跳ねるだろうと思った。思って怖くなった。

帰り道は、助手席のシートベルトの冷たさに頭を寄せて父の話は聞かず、目を閉じ穏やかな揺れに身を委ねていた。曲がり角ではお腹に力を入れた。そのうちに膝下と首の折れた浮遊感で移動し、気がつけばソファの上だった。

うんと背の高い煙突が青すぎる空を貫き、せっせと煙を吐いている。彼岸《ひがん》へ向かって午前中の真新しい空気を蛇行《だこう》する父の足跡を見上げ、建物の裏手に流れる人工だろう川の音で過去を探った。幸福でなければならない過去だった。私は幼く、しかし、父と母が若かったとは思わない。両親は両親として存在していて、年齢とは別のところにいる。そういうふうに思う。

煙は風に流され、有耶無耶《うやむや》になって溶けていく。名前の知らない幹の太い木が揺れて、乾いた葉音が川の音を遮《さえぎ》り私を囲んだ。葉はそろそろ色づき、すぐに落ちる。冷えがきて、私は騒がしい室内へ戻り母を探した。苦い麦の匂いがした。

＊

男の声がして怯《ひる》む。怯んだことを自覚して、情けなくなった。

スマホを当てた耳が痛い。私は耳が硬《かた》く、以前の職場でもそれに苦しんだ。耳を折り畳んで、「ほら見ろ、餃子《ぎょうざ》だぞ」と言っていた父が記憶の浅いところで浮かぶ。スピーカーに切り替えればいいのだろうが憚《はばか》られる。この六畳一間が顔も知らない男の声で満たされるのが嫌だった。

「五十嵐《いからし》さん、今週にはって言ってましたよね？」

大家さんの夫だろうか。いまどき反社が介入してくるとは思えないし、私のこれがそれほどの悪事には思えない。

先週に電話の向こうから聞こえていたのは大家さんの声で、背が低く、密度は薄いが明るい栗色の髪をしたおばさん、いやほとんどおばあさんのものだった。

「すみません。来週には払いますから」

来週には新しい職場の給料も入るし、それに……。

「絶対ですよ。この時期に家なしはきついでしょう？　凍りますよ」

男の口調は強くはない。その分言葉の強さが際立った。しかし、大家さんが同じことを話しても私は胡坐《あぐら》をかき続けていただろう。効果覿面《てきめん》。してやられた。いや、被害者は私ではない。

「はい。必ず」

「よろしくお願いしますね……ガチャン」

まずは手でフックを静かに押して通話を切ってから、その後で受話器を置きましょう、社会人としての常識です。私は、以前の職場でそう習った。だから、この男は非常識。無意識に上ずらせていた肩を緩ませるが、乱暴に置いた受話器の音はいつまでも耳に残って離れなかった。耳を餃子の形にすることができれば貝殻を耳に当てた時のような音が私を包み、どこか遠くの世界が立ち現れるだろうか。掌《てのひら》で耳を覆《おお》ってみてもガスストーブから漏れ出る音がくぐもり、その裏で規則正しい心音が小さく響くだけだった。

銀行の窓口横に置かれた為替《かわせ》と株価、天気予報が流れる簡素なモニターの下部に電気料金高騰のニュースが流れる。スマホに届いた通知のようだった。

「お父様の口座の相続手続きが完了しましたので、凍結は解消されます。今後は五十嵐様名義でお引き出しなどができますので、よろしくお願いいたします」

若い女は目じりを緩めた微笑で淡々と話す。マスクに隠れて見えない口元は、きっとエサを待つ金魚のようだろうと想像する。

窓口を後にして入り口近くのＡＴＭに向かう間、背中に女の視線を感じ続けた。良かったですね、これで家賃が払えますね。そう言われているようで腹が立つ。それに間違いはないのだが。

仲良く横並びになった機械は真ん中だけが空いていて、子育てみたいだなと思いつつも私は一人っ子で、また恋人もいないのだから身勝手な感想に違いない。

登録済みの口座番号を呼び出し、二カ月分の家賃を打ち込めばただの数字に見えた。

「円」のパネルに触れようとした一瞬だけ心臓から多めに血液が押し出されたが、両隣では男か女か微妙な老人が両者共に銀行員の補助付きで操作をしているものだから、颯爽《さっそう》と立ち去り若さを見せつけてやろうという無意味な気概が残りの操作を早めさせた。

「もう、全部やってよ。知らないわよ、操作方法なんて」

「お客様、そういうわけには」

　右隣がおばさんだったことを声で知る。やらせた結果、自分のお金が銀行員の口座に移されても文句は言えないよ、おばさん。でも私の声など届くはずもないために堂々巡りは続いて、もう全部やってあげたらいいのにと、今度は銀行員を疎《うと》ましく思った。くたびれたトートバッグを背負い直し、わざとらしい足音を立ててみる。しかし、出入り口ですれ違ったサラリーマンの腕にバッグを当ててしまったその弾みで舌打ちが返ってくれば、私の踵《かかと》は押し黙った。

　自宅へ戻る前にコンビニへ寄ったのは明らかに懐の温かさからだった。自動ドアの先で寒暖差のために曇った眼鏡《めがね》を拭《ふ》けば、店内の明るさに刺された。ここを意識して避けていたのは数週間のはずだったのに、苺《いちご》フェアのポップで季節の進みを突き付けられ随分《ずいぶん》と久しぶりな気がした。それでも、銀行のモニターには今週、来週と雪マークがちらほら出ていたことを思い、桃色の小さな幟《のぼり》を唾棄《だき》した。

　一回六百円で当たり外れが大きいくじ引きを、確認できる限り三度は引いている小学生らしき男の子の触れれば暖かそうな背中を見ていると、突然に後ろめたくなった。所詮コンビニ、されどコンビニ。何もかもスーパーの方が安いのだ。ここは私には似合わないと、危うく失いかけた節約の二文字を思い出す。

まだ避けるべきだったかと思い直し踵《きびす》を返しかけたが、やめる。店員に不審がられるとは思わないまでも幾《いく》分かの気恥ずかしさのために商品も流れるＢＧＭもよく知った狭い店内を見て回る。回るというほどのものではないが、それでも回る。

父が愛飲していた缶ビールを手に取り、レジへと歩くその短い距離で相続した口座の残高を計算する。丸の数を数えるまでもなく一円単位で計算ができる。それほどに父の残したお金は大金とは言い難く、けれど、おかげで凍らずに済むのだから感謝しなくてはいけない。缶ビール一本買ったところで父への贖罪《しょくざい》に近い何かを埋められるわけでもない。それでも、これ一本で私は身軽になれるのだと、どこか呆《ほう》けるように思った。小学生はもういなかった。

平日の夕方を手前にして女が一人、缶ビール一本で会計をする姿は店員にどう映っているだろう。何とも思っていない、それが正解だとしても、私は年齢確認ボタンを緩慢に押しながら、骨の接合部で気泡の弾ける音が鳴るのを恐れつつ背筋をしゃんと伸ばす。

コンビニの店員は客のみてくれで年齢を判断し、ＰＯＳシステムへの登録を行うという。対馬《つしま》海流がつくる長く厳しかった冬が終われば大学を卒業して二年になる。学生証も返納したのだからもう学生でないのは確かだが、社会人かと言われれば今は違う。家賃もまともに払えないのだから学生時代よりもずっと、社会から外れている気すらする。もっとも、大学時代に家賃を払っていたのは両親だったが。

緩くパーマのかかった濁《にご》った金色の髪で両の眉《まゆ》を隠すようにするヘアスタイルの男の店員は、きっと大学生。それも下級生だろう。モテそうとも思えるが、それ以上に、コンビニ店員が似合う子だなと、少しだけ無理をして嘲《あざけ》るように思った。

千円札を差し出したその隙《すき》に、店員の手元を盗み見る。三十代から四十代を示す客層ボタンに人差し指が触れているように見えて、結局見なかったことにした。眼鏡も曇っていることだし。この曇りは寒暖差ではなく、マスク上部から漏れる濃い鼻息のせいなのだった。

刻一刻と凍りついていくような玄関ドアを引き開け帰宅すれば、レンジフードが回ったままになっていてどっと疲れた。今朝お湯を沸かした時に切り忘れたのだろう。これがどれほど電力を消費するのか知らないが、缶ビールよりも無駄なのは明らかだった。そんなことを意識の隅でだけ漂わせながらくたびれたダウンコートを脱ぎ、給湯器の温度を一度、心ばかり下げて手を洗った。

部屋の中の温度と外気温におそらく差はない。むしろ隣接する背の高いアパートによって陽《ひ》の当らない一階のこの角部屋は熱を獲得する術を暖房機以外で持ち合わせておらず、ならば降雪もなく時折晴れ間が覗《のぞ》くほどの今日であれば外の方が暖かいかもしれない。

吹きさらしの駐車場が付いて三万五千円の家賃。木造二階建ての築三十年。外観こそ悪くないがそれはただのペンキの上塗りで、慌ただしい新生活の只中で浮足立ったまま、同級生より明らかに少ない手取り額に照らして内見なしで契約した。職場まで徒歩十分という立地は確かな取り柄《え》だったが、今では露ほどの意味も持たない。

杜撰《ずさん》にニスが塗りたくられた板張りの床はどこかしこも軋《きし》み、風呂場近くはささくれ立っている。ガスコンロは一口。壁は叩《たた》けば軽い音がする。騒音に悩んでいないのが不思議だったが、それは私が加害者からかもしれないと、深夜に思い立って洗濯機を回している時なんかに思う。

夏は茹《ゆ》だるように暑く、冬はこの有様《ありさま》。だが、引っ越しの選択肢はついぞ浮かんだことはない。政令指定都市だが中心部からは大きく外れ、交通の便に不備こそないものの車が必須のこの町に骨を埋める覚悟はてんでないが、そのための資金は見つからない。私の気持ちなど意に介さず季節は過ぎていく。

ガスストーブの前で体育座りをする。手先と足先に温風を受けながらその半面、首筋には隙間風《すきま》を感じていると、露天風呂に入っているような心地になる。正確には、露天風呂みたいだね、と話していた小学校の教室を思い出す。

窓際に設置された暖房機の前で男女関係なく固まり暖を取っていれば、担任は休み時間の度に換気だと言って結露した窓を開け放った。そうして身体の高低に熱の差を感じているのが好きだった。腰から下の暖かさが増すように思えた。そんな時、今では名前も顔も覚えていない同級生が言ったのが、露天風呂みたい、だった。

そうか、露天風呂か。だから気持ちがいいのか。好きという漠然とした感情に情景を伴った輪郭《りんかく》が浮かび、私を伸びやかにさせた。そんな何でもない誰かの言葉に、以降ずっと捉えられるようなことが度々ある。日頃から意識しているのではなく、ふとした瞬間に思い起こされ、尾を引き、千切《ちぎ》れ、また何かの拍子で生えてくる。その繰り返しが多いほど太く頑丈な尾になっていく。

「凍りますよ」

その言葉はどこか、尾を引くような片鱗《へんりん》を隠し持っていると思えてならない。

正直、家賃はいつでも払うことができた。口座にお金が入っていなかっただけで、持ち合わせはなんとかあった。だが、追い出されることはないだろうと、温厚そうな大家さんを過大に脳裏で映し出し甘えた。現に電話の口調は穏やかだった。なんとかなるだろうと緩く構えた。しかし、あの男の声、言葉。自分の安易さに辟易《へきえき》とする。

「ガチャン」

受話器を置く音が耳の裏に残っている。なんとかなるわけないのだ。食い逃げと同じだと、あの男ならそう言いそうだと、思う。

換気扇を消し、熱の逃げ場を塞《ふさ》いでからお風呂に入る。お風呂といっても浴槽を溜《た》めるわけではない。冷えた足先にシャワーの熱が針を立てるがそれもすぐに慣れる。最小限の時間で済ませるつもりが、いつまでも身体の裏側に冷えが残っている気がしてつい長くシャワーに当たってしまう。これなら湯船を張った方が安上がりだったか。いや、考えても分からないから、考えない。

シャワーを頭上で固定し、背の低い椅子《いす》に背中を丸めて座っていれば、湯気と水滴の先にみすぼらしい赤が見えた。血でも出たかと思えばいつか塗った爪だった。鼻の奥につまれたような痛みがあって、私はそれを勢い余るシャワーのせいにした。

黄ばんだ床のタイルには意味もなく伸ばした黒髪があられもなく張りついている。排水口を無理な体勢で覗き込めば、取り付けたネットが黒く渦を巻いていた。

リンスインシャンプーを泡立て頭皮に爪を立てる。リンスインシャンプーなど今時銭湯でも置かれない。置かれていても、使われない。値引きのシールで飾られたそれは、ドラックストアの冷たいカートにいつだって無造作に投げ込まれている。

「凍りますよ」

寒さとは違う鳥肌が、生身の私を包んでいた。

*

「五十嵐さん?」

歩道の真ん中を貫く融雪パイプから放たれる水は公園の水飲み場で見るような放物線を描きながら、降り積もろうとする雪の行く手を阻み続ける。身体の曲線の出る白黒の細いボーダーのニットを着た、朝に似つかわしくない女のキャスターによれば今年最後の雪だった。

阻まれるのは歩行者もで、飛び出た水を避けるためにときにジャンプし、ときに身を翻《ひるがえ》して歩いていたところへ声をかけられたものだから、右足の太腿の裏が見事に濡れた。ぴったりとしたデニムには紺の濃淡がはっきりと浮き出ているだろう。

「え、吉野《よしの》さん。お疲れ様です」

言葉が口についている。間違っているとは思わないまでも、こんにちはの方が正しかったかと、いつからか馴染《なじ》んでしまった複製品の挨拶を嫌悪した。

元同僚の吉野さんは、ブラウンのダッフルコートに身を包みながらも足元は低いパンプスという、私がよく見知った格好でこちらに小さく手を振る。二カ月ほど前までは職場の更衣室で週に三度は見ていた姿。

「お仕事、お休みですか?」

「ううん、終わったところ」

「こんな時間に、ですか?」

まだ十四時。私たち嘱託《しょくたく》社員の定時は九時から十六時までのはずで、ならばこの時間に終わりというのは妙な話なのだった。

私は、こうした局面を避けるために出退勤の時間帯はなるべくこの辺りを通らないようにしていた。大通りではなく住宅街を蛇行し、遠回りなど厭《いと》わなかった。自意識と言われてしまえばそれまでだが、もし社員に姿を見られ、かわいそうに、などと思われるのは心外であったし、あろうことか顔を合わせてしまうなど想像の中でだけでも私の手足を鈍らせた。

「終わったっていうのはさ、その、五十嵐さんと同じ感じかな」

あぁ、そうか。納得するべきではないけれど、腑《ふ》に落ちてしまう。それにしても、あの吉野さんですらこうなのか。

以前の職場に対する悔しさや憤りは、私の中にはもうない。あるのは「仕方ない」という後ろ向きというよりは平行線のような感情で、しかし、まだ当時の私に似た行き場のない怒りか焦燥か、それらを滾《たぎ》らせているかもしれない吉野さんに対して「仕方ない」など向けられるはずもなく、私は可能な限り憂いを帯びて見える表情をつくっただけだった。

「そんな顔しなくても。笑ってくれたっていいのに」

「そんなこと、できないですよ」

傘を差した吉野さんのもう一方の手には、水滴がまだらについたビニール袋が食い込んでいる。丸い雫《しずく》に透けて見えるのはロッカーから引き上げてきたのだろうチョコやおせんべい、それから大量ののど飴《あめ》。それらを更衣室で、またオフィスで「よかったら」と、決して恩着せがましくはないやり方で配っていた吉野さんの姿が、降雪がつくる柔らかい斜線にありありと浮かぶ。

「喉《のど》、大事にしてね」そう言って風邪をひいた私に大袋のままののど飴をくれた吉野さんも、そしてうまくお礼を言えずに頭だけを下げた私も、もういない。

「五十嵐さんはこれからお仕事?」

互いに目線だけで向かう方角が同じなことを滑らかに共有し、横並びになる。私たちはこういうことに慣れている。受話器の先で顧客と話しながら、視線や表情では同僚と会話していたオフィスが思い出された。これ、面倒くさい客。今私、説教されてます。かわいそうに。気の毒に。給湯室で待ってる。

くだらない仕事、職場だったが今にして思えば……などと思うのは美化させているだけか。

パンプスを濡らしながら、融雪パイプなど視界に入っていない様子で歩を進める吉野さんの前では都合のいい嘘など出てこなかった。でもこれは、吉野さんの方が辛いのだから、という厭らしい自尊心なのかもしれない。

「いえ、終えたところです。バイトしてて。再就職、うまくいかなくて」

自虐的に笑って見せたが、届いてはいないだろう。私もわざわざ傘から顔を出したりはしない。

太腿《ふともも》の裏だけでなく、傘では防ぎきれない脛《すね》の方まで濡れてくる。こうなればもう右足は不要に思えて、傘を左側に寄せた。私の右側を歩く吉野さんが小さく頭を下げたのは、私のそれが気遣いに思えたからだろうか。

疲弊して見える先輩に後輩が気を遣っている、その光景が吉野さんにとって感謝に値するとすれば、私はいよいよ吉野さんの前で取り繕うことができない。逆の立場であれば、私は屈辱的だと感じてしまう。優しくない私と、優しい吉野さん。

約二カ月前、私は吉野さんと共に働いていた職場を辞めさせられた。しかし、こんなにも優しい人が辞めさせられるのは不義理を覚える。私が辞めさせられるのとはわけが違う。

「そっか。ごめんね、お疲れのところ声かけちゃって」

「そんな、全然です」

そのごめんねが、言いにくいこと言わせちゃったね、を含んでいると思うのは吉野さんへの過大評価が過ぎるかもしれない。でもそれほどに、今の私は吉野さんに好感を抱いている。それが同じ傷を舐《な》め合える同族意識からくるのだとすれば、こんなにも失礼なことはないのだが。

「もう、帰るだけ?」

少しの沈黙の後で、吉野さんは傘の柄を見つめながら言う。ビニール傘の白い柄には私も名前だけは知っている二枚のキャラクターシールが貼られていて、それを貼ったのが吉野さんの二人のお子さんだと想像するのは自然なことだった。吉野さんの年齢は知らない。ただ、小さいお子さんが二人いるのだから三十代前半ほどだろう。しかし、傘やビニール袋を持つ手に母親の影はなく、黒いタートルネックから真っ直ぐに伸びた首は凛として白かった。私の首は前傾に歪《ゆが》んでいる。むしろ若者らしいかもしれない。左の肩口が酷く濡れていて、吉野さんばかりを見て歩いていたことに気づく。

「はい、帰るだけです。暇人、なんです」

自分を下げて話すのは気が楽で、いや事実劣っているのだとしても、私は今さら傷ついたりしない。これが、私が持ち出せる精一杯の優しさ。吉野さんと、それから自分への。

「私もさ、暇で。お茶なんて誘うのは、急過ぎるかな。おばさん臭い？」

「そんなことないです。ぜひ」

そんなことないです、が急過ぎることにも、おばさん臭くないことにも掛かっていると伝えたいのに、うまく言葉にできなかった。脳内でだけ私は饒舌《じょうぜつ》でいる。吉野さんにも自分を下げさせてしまったことに引け目はあるけれど、私につられて吉野さんも身軽になれ、私なんかを誘うことができたのだと都合よく解釈してみる。私でしか聞けない話があるかもしれない。それは例の同族意識だとしても、否定されるものではないと思えた。

「ほんと？」

疑うのではなく感謝を含ませるための声色で伝えられた言葉は、私の両肩で跳ねた。恐縮しつつ、その分伸びる。纏《まと》った空気が柔和で穏やかな人だとは以前から思っていた。今日の吉野さんは、どこか幼く見えた。

「やっぱり、資格を取らなきゃ駄目だったのかな」

もはや立方体と呼ぶのがふさわしいトーストの上に、生クリームがこんもりと盛られている。運ばれてきたそれを見た吉野さんは一瞬怯んだように見えたが、意を決したように高い位置からシロップをかけていく。円形の白い皿の縁から半透明の黄金が垂れた。

ファミレスと喫茶店の中間にあるようなこのチェーン店には、存在こそ知っていたが来たことはなかった。アパートよりは会社寄りで、昼休みをここで過ごす社員も少なくないらしい。私には給湯室に置かれたインスタントのコーヒーで充分だった。

「でもあれって正社員が取るもので、私たちには強制されていなかったですよね?」

頼んだホットコーヒーの黒から真っ白い湯気が立ち昇って眼鏡を曇らせる。曇りが晴れると黒がより際立った。

「でも今残っている水上《みなかみ》さんも、黒部《くろべ》さんも、あとは長良《ながら》さんも去年資格取ったんだよ」

穏やかで、でもはきはきとした声を出す吉野さんの口に、どろりとした鎧《よろい》を纏うトーストが運ばれていく。吉野さん、こんなに大きな口、開くんだ。マスクをしていない顔を見たのは数えられるほどしかない。

一重だがくっきりとした目を羨《うらや》ましいと思っていた。上睫毛《まつげ》はもちろん、下睫毛も念入りに伸ばさねばならない自分との差が痛い。学生時代にはコンタクトだったがいつしかやめた。眼鏡は楽でいい。だらしない睫毛も誤魔化してくれる。

高くはないがすっきりとまとまった小鼻も、浅く短い人中も、下品ではない赤のリップが乗った薄い唇《くちびる》も、見慣れていないことを差し引いたとしても見飽きることがなかった。何より配置がいい。ここしかない、という位置に収まっているよう。有り体《ありてい》に言えば吉野さんは美人で、けれど本人がそうは思っていないという慎ましさが迷いのある口角に滲《にじ》み、またそれがよかった。

「取っていなくても残っている人、いますよね。なら、絶対条件ではないんじゃ」

「今になってこんなこと言っても仕方ないんだけどさ、残っている人も勉強中の人が多いんだよ。保津《ほづ》くんとかさ」

「そうかもしれませんけど、なら、先に言ってくれないと困りますよね」

吉野さんが具体的な名前を出していくにつれて、忘れていた、なかったことにしていた憤りが沸々と湧いてくる。元職場での日々を否が応でも思い出してしまう。コーヒーの苦さが頬《ほお》の裏にこびりついて気持ちが悪い。お冷で流そうとしても居座り続ける。楽しかったことだってあったはずなのに当たり前のように置き去りにされる。取りに戻るのは面倒だった。

「会社からしたら、意欲のある人を残すのは当たり前でしょう？　ってことなのかもね。それにしても、だけどさ」

「でも保津くんとか、話すの下手くそだったじゃないですか。すぐ口ごもって。黒部さんは早口過ぎるし、他の人だって……」

名前を口に出してしまうと同時に顔も浮かんでくる。聞かされるよりもずっと、記憶が色づいていく。これ以上続けるのは虚《むな》しくなるだけだと分かっているのに、うまく止められない。

「私が知っているのはもう二カ月も前のことですし、状況は変わってるのかもしれませんけど、吉野さんは誰よりもうまかったはずです」

この憤りは、誰のものだろう。もう私には関係のないことのはずで、それにこんな言い方は吉野さんの内を深く抉《えぐ》ることになるのではないか。そう思ってやっと、自分が息を吸っていないと自覚する。吐いてばかりの脳は疲弊して、上下に揺れて呼吸を整えようとする。私の意識は別のところにあると思われた。

「ありがとう、そんなふうに言ってくれて。私も、五十嵐さんがいなくなったとき同じように思ったよ。なんで五十嵐さんがって。でもきっと、誰が辞めさせられても私は同じように感じたと思う。保津くんでも、黒部さんでも。そりゃあ出来不出来はあっても、テレアポの仕事なんて運が大きいじゃない？　電話先の人が興味を持ってくれるかどうか、なんてさ。みんなそれなりに頑張ってるしね。遅刻ばっかりしているような人は別だけど」

吉野さんは片方の奥歯を噛《か》むように笑って、また一切れ、ナイフで切って口に運ぶ。必要以上に大きく切っているように見えた。

「なんか、熱くなってすみません」

「いいんだよ、謝らなくて。ほんとに、嬉《うれ》しいよ。それに、こうやって五十嵐さんが自分を出してくれたの初めて見た気がする。それが嬉しい。二年近くも一緒に働いてたのに。飲み会とかなかったからかな」

「コロナもありましたもんね」

安易に感染症のせいにしてはいけないと思いつつ、便利だからと使ってしまう。元をただせば、私たちがこうして昼間から会社の外で話しているのもコロナのせい。真意は別にあるのかもしれない。けれど、会社側は私にそう説明した。コロナのせいで人員を削減すると。あくまで資格の有無ではないと。

私たちの仕事は、割り振られた電話帳に載ってる番号を隅から潰《つぶ》しソーラーパネル設置の営業をするというもので、親会社はこの地域一帯を取り仕切る電力会社だった。

「この辺りは天気の悪い日が多いし、雪も降る、だからソーラーパネルには向かないんじゃないか、皆さんそう仰《おっしゃ》るんですけど、これが意外で、この辺りって東京と比べても日照時間はほとんど変わらないんです。ご家庭で作られた電気はもちろん自宅の電気としても使えますが、余分な分は電力会社に売ることができるんです。どうですか？」

私たちが言えるのはここまで。興味を持った、もしくは押しに弱そうな人がいれば正社員に電話を転送する。あとはクレームなんかの処理。

当然相手にされないことがほとんどで、興味がないと言ってすぐに電話を切られたり、無言のまま切られるなんてのは日常茶飯事。たちが悪いのは、電話口で言われもない罪でキレてきたり、説教を始める人だった。男のそれならまだいい。執拗《しつよう》にこねくり回して責め立てる女が最悪だった。

勤め始めたばかりの頃はそんな人に当たる度に肩を落とし、心をすり減らしたりもした。事実、体重が落ちた。顔から痩《や》せるタイプの私の疲労は目に見えやすく、また、もっと落ちてほしいお肉はいくらでもあるのに、という悄然《しょうぜん》が私を締めつけた。

しかし、面白いもので数カ月もすればそれにも慣れ、受話器の先に怒りの匂いを感じ取ると今度はどんな言葉で罵倒《ばとう》されるのか楽しむようにもなった。そんな相手に対して習った通りのやり方で恭《うやうや》しく受話器を置くのは一興《いっきょう》ですらあった。たちが悪いのはむしろ、私の方だったかもしれない。

そんな私がクビ、いや労働基準法に照らせば簡単にはクビにできないために、あくまで自主退社という形を取らされたのは当然だと、今では辛くも受け入れている。

会社側からの説明は、「コロナで職場の人数を制限しなくてはいけなくなった。新しく広いオフィスを借りるのは金銭的に厳しいし、何より、情勢的に今後はオペレーターAIを導入しようと思っている。それで、どうだろう」というなんとも歯切れの悪いものだった。

さすがテレアポの会社だ。誘導尋問がうまい。そんなことを言われて食い下がれるほど私はこの会社にしがみつく理由もなく、また、そんなみっともないことができる人間でもない。誘導尋問だと気づきつつ、私はそれに習うしかなかった。おそらくは吉野さんも。

それに、自分の耳の硬さを理由にしてしまえば、私はこの会社に向いていないのだ、と自らを納得させるのは簡単だった。

会社はきっと、そんな変なプライドを持った人間から、それでいて扱いやすい人間から切っていっているのだろう。吉野さんはそれにはまだ気づいていないだろうか。それとも、気づいていて受け入れることができていないのだろうか。

だが、吉野さんは私とは違い優秀だったはずだ。真面目だったはずだ。だから、私は自分を、また吉野さんを正当化し、正論であるはずの武器を振るう。お前たちは間違っていると。

何より、吉野さんにはお子さんがいるのだ。私と同様に受け入れられる、いや無理にでも受け入れるしかないのだとしても、それは今ではないし、乗り越えるべき壁は見上げるほどかもしれない。

でも、お子さんがいるその重さを私は知らない。だからこれ以上、深入りするべきではない。知らないものが土足で踏み入るわけにはいかず、コロナのせいなどと言って状況を整理していくことすら余計なお世話なのだ。ならば、やはりこの憤りは誰のものだろう。

吉野さんの手元で崩れた生クリームが皿を汚していた。白いと思われた生クリームは黄みがかっていて、甘さ以外には何の取り柄もないと感じさせる。きっと身体に悪い。

「それもそうだし、私、定時になるとすぐに帰っちゃってたから、素っ気ない人だと思われてたよね、きっと。ごめんね」

「そんなふうに思ったこと、ないですよ」

そう、と息を吐いて最後の一切れを吉野さんは頬張る。丸く膨《ふく》らんだ頬が幼かった。そういう自分を演じているのかもしれない。強がりか、それともこれが仕事の外での吉野さんなのか。私は吉野さんを知らない。

「私、五十嵐さんのこと何も知らなかったな」

胃の上の辺りに綿を詰められたような心地がする。コーヒーカップに伸ばした手が僅《わず》かに震えた。

「バイト、どんなことしてるの？」

首を折り肩を竦《すく》めて、聞いてもいい？　といった愛らしい表情で吉野さんは問う。改めて、二児の母には見えないなと思った。

「チェーンの回転寿司の、キッチンです」

もっと話してくれたら嬉しいな、そんなふうに吉野さんの表情は柔らかさを増していく。大きな黒目が私を見る。身じろぎするほどの強さで見つめられているのではない。逃げようとすれば簡単に逃げられる。でもそうできないのは、今は私の話をするべきだと、それが吉野さんのためになるだろうと、半ば諦念《ていねん》するように思ったから。

「軍艦を作ってるんです」

こう、機械にシャリを入れて海苔《のり》をセットすると、あとはネタを乗せるだけになって出てくるんです。と、おしぼりを楕円形《だえん》に丸めて説明する。分かりやすいかどうかは分からない。それでも、なるべく丁寧に、始めた経緯を含めて順を追って話す。

「すごいね、最先端マシーンじゃん」

そんなことはない。最先端であればネタも乗って出てくるだろう。全部機械でやれてしまうのだ。テレアポと同じように。

私にはそんな仕事しか残されていない。中身の伴わないやりきれなさが冷えた足先から染み入るが、うんうんと大袈裟《おおげさ》に頷《うなず》きながら話を聞いてくれる吉野さんを前にすると久しく人に触れられていなかった胸の隅をくすぐられるようで、自《おの》ずと言葉が繋《つな》がった。これぞ全自動マシーンだ、などと口には出さずに自分を称し、私の方がよっぽど子供だと胸中でおどけてみせた。

「今日は勢いで誘っちゃったけど、よかった。五十嵐さんとこんなふうに話す日が来るなんて思っていなかったから」

「私も、です」

照れから二人、顔を背ける。

遠くの席で、体格のいい二人組の男が思わずといったふうに歓声を上げた。私たちを含めた数人がそちらを見やる。

「あ、すみません。逆転したんです。勝ちました。サヨナラです」

おぉ！　興奮がそのまま音量に変わった男たちの声が店内に伝染し、賞嘆《しょうたん》が満ちる。

そうか、野球か。今日は確か国際試合が行われている。野球に明るくない私は、照れた表情のまま吉野さんと顔を見合わせた。顔の前で両の掌を上向きにしたそのジェスチャーで、吉野さんも野球に詳しくないことを知る。めでたいことだけが分かる。

でも、サヨナラってどういう意味だろう。出場選手は数人しか知らず、ルールすら満足に分からないスポーツの意味も不明な言葉で伝えられたこの感動は、誰のものだろう。彼らが日本人を代表しているのは明らかでも、私が自分を日本人だと意識したことなど一度もない。海外に行ったこともないのだ。チャンスだったはずの大学の卒業旅行は計画を立てる前にコロナによって頓挫《とんざ》した。コロナがなくとも私にその資金はなかっただろうけれど。

「私ね……」

再び男たちの方を向いてから発せられた吉野さんの太い声は、これまで聞いたことのない声色だった。毛量が多く、黒々とはしているが毛先がパサついて見える吉野さんの後頭部は、母親のそれに見えた。私は空になったコーヒーに口をつけ、わざとらしく喉を空振りさせる。

「知らないって弱い、そう思うんだ」

はい。意識せずに漏れる。

「知っていれば防げたことも、知っていれば手にすることができたものも、これまでたくさんあったと思うの。仕事もそう。知識があれば辞めさせられずに済んだかもしれない。資格の勉強をして、知識を身に付けることもそう。それから、法律なんかをきちっと知っていれば会社に強く出られたかもしれない。五十嵐さんのことも、もっと知っていれば早くから仲良くなれていたかもしれない。野球もそう。もっと知っていればあの男性たちと同じ温度で、ううん、選手と同じ温度で喜べたのかもしれない。すごく損してる。もったいないなって」

私は吉野さんの言葉を掴《つか》めていそうで、でも手指をすり抜けていそうで、幼い頃スライムが好きだったことを思い出した。緑色の液体と固体の間のそれは私をすこぶる虜《とりこ》にした。

「だから、これからは色んなことを、色んな、なんて曖昧《あいまい》だけど、勉強したり、経験したりしてみたいって思ってる」

いい歳して何言ってんのって思う？　振り返ってそう付け足された私は、ほとんど反射だけで首を左右に振る。私たちには時間ができましたもんね。思いついたが、言わない。

「何かを始めるのに遅いとか、ないと思います」

これは、誰の言葉だろう。私の内から出た言葉ではなさそうだった。誰かがどこかで誰かのために言った言葉で、その真意を私は知らない。

「知らないって弱い」

その言葉の響きだけが私に残る。これは、そうだ、尾を引く。そういう予感がある。

そのことを伝えたいのにうまく言葉にならない。吉野さんが望んでいるだろう言葉がすぐそこにある気がするのに、その輪郭をなぞれているはずなのに、握ることができない。寿司も握っていないから？　余計な思案がバイト中の私を俯瞰《ふかん》で見る映像と共に流れて、そんなものを見ている場合ではないと、また別の私が憤る。もっと、意味のあるものを。何か、ないか。

「五十嵐さんも一緒にどう？　例えば、オールとか」

「オールはしたことありますよ」

吉野さんのつくる笑顔となるべく同じ顔になるよう努める。私と吉野さんの間にある透明の仕切り、それを初めて意識した。それに隠れていられたから吉野さんの顔をじっくりと観察できたのかもしれないし、それのせいでよく見えていなかったかもしれない。斑点《はんてん》になって付着しているのは消毒スプレーの残滓《ざんし》か。私の顔はそこに映らない。

「お会計、しようか」

立ち上がり、吉野さんの後ろを歩く。これでは会計を任せるみたいだ。

「コーヒーだけでよかったの？」

「お金、ないので」

私は精一杯おどけてみせた。

「ごちそうさまです」

吉野さんのファミリーカーは、私のアパートよりも会社から離れた位置にあった。正社員であれば構内の駐車場を使えるが、その他の社員は離れたこの月極駐車場を割り当てられるらしい。徒歩で通えた私は恵まれていたのだろうし、その分会社も経費を払わずに済んでいたに違いない。なのに私は切られた。遅れてやってくる痛みは不意を突く。避けにくく、不格好に避けようものなら当たり所を悪くする。しかし、正面切って受け止める勇気を私は持ち合わせていない。

「見送りなんて、よかったのに」

「暇、ですから」

強調するようなことじゃないよ、そう言われそうで言われなかった。雰囲気だけがあった。

「ありがとうね。話、聞いてくれて」

本当に聞いていただけ。それなのにくるりと傘を回して言う吉野さんに相対した私は、飛んできて鼻の上を滑った水滴を拭《ぬぐ》うこともなしに会釈《えしゃく》よりは深い程度の姿勢で「こちらこそです」とだけ伝えた。

「連絡先は随分と前だけど交換したよね。よかったらまた会って」

徒労に終わることを分かっていながら吉野さんのアイコンを思い出そうとする。お子さんの写真、それも吉野さんのことだ、リテラシーに配慮して後ろ姿や二つ並んだ小さな影のものだろうと、前頭葉の上澄みで推し量る。

そうか、今日会わなければおそらくは一生、会うことはなかったのだ。単なる偶然の巡り合わせなのだから、会うことがなかったとしても私たちは変わらない日常を過ごしていただろう。バイトを終え、寒さから逃げるようにして六畳一間に消え失せ、フリーズドライの味噌《みそ》汁で小腹を満たし、その先は……。

私は、私が過ごすはずだった未来を掌で転がし眺める半面で、空模様と同様の陰鬱《いんうつ》な心持ちでアパートを出た数時間前のことをずっと昔のことのように思い出した。

「連絡、します」

「うん。友達になって」

お互いに硬く傘を差しているが、ビニールを叩く音が頭上で鳴っていないことに吉野さんも気づいている気がする。

「小学生に戻ったみたいです。小学生の頃だって、わざわざ口にはしなかったですけど」

泳がせた視線のまま言えば吉野さんの引き笑いが聞こえて、私の耳はそれでいっぱいになる。乱暴に置いた受話器の音を気に病む必要は、今の私にはないと思われた。

吉野さん、引き笑いなんだ。

漫画やドラマでしか見聞きしない流れに飲み込まれ、しかし、私はもがいたりしない。吉野さんの言葉はきちんと流れ着く気がする。字面《じづら》通りの意味が引き笑いと共に私に絡まっていく。私の方こそ、また会えたら、友達になれたら、嬉しい。


【吉野です。今日はありがとうね】

「美穂《みほ》」という名前のアカウントからのメッセージはその日のうちに届いた。本来ならば後輩から送るべきで、私もそうしたかったのだけれど、「吉野」から始まるアカウントが三つも見つかってしまった。明らかに男の名前のものは省くとしても、犬のアイコンのもの、観光地だろう場所での顔が隠れたアイコンのもの、それらは判断のしようがなかった。私は吉野さんの下の名前を知らなかった。

　また、素性《すじょう》の知れないアカウントがいくつも発掘された。高校、大学と、意味もなく交換したそれらは一度も使われることなく容量を圧迫している。その一つになっていた「美穂」は急浮上し色彩を放つ。

【こちらこそ、ありがとうございました！】

　絵文字か何かを加えるか悩み、結局、ビックリマークだけを控えめに付けた。控えめと分かるのは私だけだが。

　アカウント名を「吉野さん」に変えていればメッセージに既読が付き、私は急いでスマホを閉じた。吉野さんのアイコンは初期設定のままだった。

＊

　規則正しくシャリを押し出す黄ばんだ白の機械に最先端の匂いはない。鼻を抜けていかない酢飯の匂いだけが、人とすれ違うためには横歩きをしなければいけない狭い厨房《ちゅうぼう》に満ちている。

「五十嵐さん、そのシャリもう駄目。乾いちゃってる」

「はい！」

短く、語尾を跳ね上げて声を出すことがこの職場の暗黙のルールなのだとすぐに気がついた。回転寿司といってもここはれっきとした寿司屋なのだなと、私は嘲笑《ちょうしょう》しつつ思っている。

駄目ならば捨てるしかないのだろうか。実家で使っていた三合炊きの炊飯器に詰めても優に余白ができそうな量が私の手元には残っている。

「平日の昼間はただでさえお客さんが少ないのに、ほら、例の事件、というか炎上があったじゃない？　だから、余っちゃうのよね。炊く量減らさなきゃ」

件《くだん》のニュースはスマホで流し見する程度に知っていた。私の働くチェーン店とは別会社だが、余波は確実に業界へ迫っているらしい。「薬味をいちいちバックに下げなくてはいけなくなった」とホール担当のパートさんが嘆いていたのを私も聞いた。

私は結局、背の低い円柱型のゴミ箱にシャリを落とした。自然界にあろうはずもないきっぱりとしたゴミ箱の青色が外界とその中を隔てていた。シャリの白に青が反射する。他にゴミなど入っておらず、セットされたゴミ袋も新しいものだが、これはもう食べられない、そう思った。

「とはいっても、突然混む日もあるんだよなぁ。動きが全然読めない」

私より十歳ほどは年嵩《かさ》だろう小太りの女店長は、血色のいい短い腕を組み、肉の乗った首を傾《かし》げて唸《うな》る。

「高校も大学も近くにありますもんね。彼らにはきっと、どこ吹く風だろうし」

「そうそう。半日休みとか行事なんかがあると、どっと入って来るからさぁ」

私は近頃急増しているらしいお持ち帰り用のために、学校の給食室なんかで見覚えのある炊飯器から新しいシャリを取り出す。「コロナや件のニュースでお持ち帰りが増えている」と社員さんや先輩のバイトは話すが、私は以前の状態を知らない。だから、これが通常運転。

店長は刃渡りの長い包丁で、流水で解凍しておいたサーモンを捌《さば》いていく。かっこいいと思う。本物の板前など知らない私には、店長こそがプロそのものなのだった。

「売り上げが落ちる分にはさ、まだいいんだよ。問題なのは廃棄で、発注が難しいの。さっきのシャリもそうだし。困っちゃう」

言いながら、店長は包丁を滑らせていく。一枚、また一枚とネタができ上がる。切り揃《そろ》えられたこのサーモンも青く染められてしまうのだろうか。

「いろいろ、あるんですね」

「いらっしゃいませ！」

ホールから歯切れのいい声がする。お客さんの姿は見えないけれどこんな時間に来店するのだから、お年寄りの夫婦なんかだろうと想像する。十四時。いったい何ご飯？

私は新しいシャリをセットしようとして手を止める。注文が入ってから入った分だけセットしても遅くない。その方がきっと、廃棄も少ない。業界にのしかかるのは分かりやすく取り沙汰《ざた》される売り上げや株価の低迷だけではないのだ。きっとこれは、ここで働かなくては知らないままだった。そのことは私を得意にさせる。

目線の高さに設置された注文受注のタブレット端末が機械音と共に光る。眼鏡の奥で緩慢に焦点を合わせれば、その件数の多さを疑った。お年寄りの夫婦では、ない。

イクラ五皿、ネギトロ三皿、コーンマヨ二皿、サーモンアボカド七皿。脳内で掛ける二をする。二桁の掛け算はすぐに答えが出ない。

「五十嵐さん、何してるの！　早く作って！」

店長の裏返るか裏返らないか微妙なヒステリックな声。

「はい！」

勢いよくシャリを投入すれば、機械から外れたシャリがばらばらとタイル張りの床へ落ちた。拾わなければ。いや無駄か。ホースで水を撒《ま》き、ブラシで擦《こす》って掃除をするからここの床はずっと濡れている。場所によっては浅い水溜まりすらある。

「ちょっと五十嵐さん、何してるの！　もったいない！　いいや、早くして！」

店長は包丁をまな板に音高く置いて握りのヘルプに入る。サイドメニュー用の端末も音を上げ始める。ラーメン、茶碗蒸し、揚げ鳥、パフェ。

つい先ほどまでの世間話が嘘のような喧騒《けんそう》が狭いキッチンを満たす。酢飯の匂いなど感じる隙もない。うねりを上げ、仰々しく海苔を巻く機械にイラつく。もっと早く動いてよ。でも、私は巻き方を知らない。

無理やりに軍艦を取り出せば中で海苔が破れる音がして機械が止まった。詰まったか。一度電源を落とし、機械を逆回転させるためのボタンを押す。その間にもタブレット端末は鳴り止まない。

「五十嵐さん、軍艦が落ち着いたら洗い場に入って！」

「はい！」

返事だけをする。洗い場の方は見もしない。丸いプラスチックの皿や茶碗蒸し用の陶器なんかが溜まってきているだろう。洗い場担当の大学生の男の子がサイドメニューのヘルプに入っているのを、店長の指示の声で察する。

「ほら、これだから先が読めないんだよ！」

今さら嘆いても仕方ないでしょう？　と、何故か上から目線な感情が渦巻く。

「もう一組、大学生の団体が入って来ました！」

ホールの女子大生がキッチンに入って来て高い声で言う。アカペラサークルに入っているると言っていた気がする。

あなたも大学生でしょう？　友達とかなんじゃないの？　入店を待ってもらってよ。忙しさで泡立った感情が女の子へ向く。でも、それは当然無理な相談で、苛立《いらだ》ちは自分へ跳ね返る。さらに跳ねて、タブレットへ。その先のお客さんへ。

「知らないって弱い」

吉野さんの言葉が私を捉えて離さない。入店してくるお客さんの姿をキッチンからでも確認できるカメラを導入するべきだ。すぐにシャリをセットしなかった怠慢を棚に上げて憤る。でも、私は知らなかったのだから仕方がないじゃないか。ならやっぱり……。

反復する感情を抑え込みながら無心でネタを乗せていく。計量し乗せなければならないのに間に合わず、量がまちまちになる。

「五十嵐さん！　洗い場！」

「無理です！」とは言えず、無言のままでいる。

「知らないって弱い」経験も知識もない私はどこまでもひ弱で、でも、どちらも有しているはずの店長ですらこの有様。なら私には何ができただろう。

忙しさのピークはすぐに過ぎた。タブレット端末に並んだ注文を数件だけ残し、やっと洗い場に入る。

「五十嵐さん、遅いよ」

未だ握りを続ける店長の疲労の声が、店から支給されたダサい安全靴《ぐつ》の先に落ちる。つま先が硬く、歩きにくい。

「すみません」

その言葉しか見つからない私はそれに縋《すが》る。

「仕事初めて間もないっていっても、大学生じゃないんだからさ」

「すみません」

大学生とか、関係あるのだろうか。ソフトクリームを巻く男の子も、ホールの女の子も私よりずっと仕事ができる。バイトを始めたのも彼らの方が早い。

いい歳して定職に就かず、就けず、こんなところにいるのだから仕方がないか。店長の丸い背中がそう言っているように見えて、どうしようもなく、私は弱いなと思った。

ぬるま湯が張った洗い場のシンクには、無造作に皿やカトラリーが投げ込まれている。バッシングのために使っている樹脂製の茶色いバスケットは、食洗器の脇で息絶えていた。

長袖の黒いポロシャツの袖を荒く捲《まく》り、白く濁ったぬるま湯に肘《ひじ》の辺りまでを沈めれば、前腕や手の甲、指の間に雑多なものが纏わり付く。柔らかいが芯《しん》のあるのがシャリ。ふやけて潰れたのはマグロか何か。海苔。冷やりとするのは溶け切る前のアイス。ラーメンの麺。指先で弾けたのはきっとイクラ。揚げ物の衣。

今の今まで冷蔵庫やまな板、店長の刃先で出番を待っていたこれらが行き着いた先がここだとは思いたくなかった。

食器を食洗器へ投げるように入れ、やけに硬い洗浄ボタンを押し、またぬるま湯から食器を救い出す。繰り返すうちにシンクの全貌が見えてくる。

濁った白は渦を巻いて排水溝に吸い込まれ、食べ物だったものが底に溜まり匂いを放つ。今さらだとは思いながらもビニール手袋をして、底に残ったものたちをゴミ箱に放る。私が捨てたシャリもそこにあったが、今ではもう、食べ物ではあるが食べられないもの、ではなく、食べ物ですらなくなった。

洗い物を粗方《あらかた》済ませて軍艦に戻ると注文は綺麗《きれい》に消えていた。

「あ、やっておきました。僕が洗い場なのに、すみません」

黒髪で短髪の大学生は爽やかに言う。頭に被《かぶ》った薄いネットの縁からは綺麗に見える汗が流れていた。この子はモテるだろうと、率直に思った。四年生らしいこの子がどこに就職をするのかは知らないが、きっと大きな会社に勤めるのだろうとも無責任に決めつけた。

日照時間の延びで冬が終わるのだと意識する。私より幾らか年嵩の、夕方以降がシフトのパートさんに簡潔に引き継ぎを済ませ歩く駐車場のアスファルト舗装は、日中の残滓を煌《きら》めかせるというよりは夜気《やき》を呼び込むために、傾いていく西日で控えめに光っていた。

不思議なもので、一歩店から出てしまえば忙しく立ち回った仕事中の私はすぐに過去のものになる。切り替えがうまいと言えば聞こえはいいけれど、所詮はバイトに甘んじる怠慢な人間の成れの果てだろう。不規則に、しかしどこか整然としても見える鳥の一個旅団が曖昧な季節の滲《にじ》む空を忙《せわ》しなく飛んで行くのをしばらく見ていた。

アパートに向かって川の上を進む。正確には橋の上を歩いているのだけど、車や人の往来が疎《まば》らで欄干《らんかん》も低いこの橋からは幅も奥行きも広い川の水面をずっと先まで見渡すことができるから、浮遊感を抱きやすい。

暮れていく陽で空や両岸の廃《すた》れたビル、また家々は淡い橙《だいだい》色に染まり、それと呼応して水面の透明に近い青が彩度を増していく。白く細やかな砂を撒いたように光る水面がどこまでも続いているために流れは感じにくいが、その寛大さこそ町のシンボルたる所以だろう。川を匂わせる地名がこの辺りには多くある。

風雨や降雪が酷い日にはこの遮蔽《しゃへい》物のなさから私は横殴《なぐ》りにされ、何故こんな所を歩いてまで軍艦なんぞ作らねばならないのだと、傘の下で身を屈《かが》め発散する術《すべ》のない憤りを持て余したが、今日のような日は景色のすごみが足取りを軽くした。

上流側から吹いてきた風に手酷く肌を刺され、反射的に両手で口元を包み濃い息を吐けば魚の青臭さが顔全体に広がった。手にこびり付いた魚臭さはどんなに石鹸《せっけん》を泡立たせ擦っても簡単には取れてくれない。帰宅しお風呂に入り、髪を乾かす頃になってようやく取れてきたと感じる程度。

遠くで鳥の声がした。どこか名前も知らない暖かな国で越冬をし、帰って来たのだろうか。上流、下流と見やっても姿はない。青信号を知らせる音だったかもしれない。

今度は潮の香り。車で五分も走れば海の見えるこの辺りでなら驚くようなことではない。しかし、そんな匂いは初めてだった。冬が、雪が、渡り鳥に限らず匂いまでも堰《せ》き止めていたのだろうか。

潮の匂いに誘われるように橋の袂《たもと》に建てられた街灯の横を抜け、河川敷を降りる。除雪の際に集められたのだろう排気ガスで黒ずんだ雪が、夏になれば花火会場にもなる河原にうず高く積まれていた。雪の降らない地域に住む人はこの汚さを想像できないらしい。雪は底抜けに白いと、ロマンティックだと、そう思って疑わなかったと、大学時代に出会った太平洋側出身の同級生が話していたことを思い出す。

上流側を向いて、肺に空気を溜める。思ったよりも肺が匂いで満たされないのは、まだ春とは言えない空気の冷たさが肺胞を委縮させるせいか。

海に向かって水面を広げるこの大河は、日本一の長さがあるという。上流部に遡《さかのぼ》ると呼称が変わるらしく、地理に疎い私からすればそれはもう違う川ではないかと思われる。水深が深いのだろう、川幅は広く水量も多いが波は立っていない。

橋の上から見ている間は流れを感じにくかったが、川縁まで来れば穏やかではあるもののその流れを感じることができた。それと同時に、川の汚れが目についた。水面は濃い緑。

辛うじてぶら下がったラベルを尾ひれにしたペットボトルが浮かび、その横を油を纏った魚の死体が追い越していく。比喩だったはずの白い砂は実物として水面を揺蕩《たゆた》い、醜い灰色で西日を反射する。川中を流れる黄ばんだ泡は洗剤のものだろうか。

浅瀬の川岸には泥が溜まり、そこを一羽の烏がつつく。つつかれ凹《へこ》んだ部分はしばらくすると空気と共に膨らみ、ぽこんという軽薄な音を立てて破れた。卑《いや》しくも逞《たくま》しく伸びた水草には、それが元は何だったのかすら危うく、ゴミと一括《くく》りにしかできないようなものが絡まってざらりとした波をつくっては離れていく。川底を覗き込み目を凝《こ》らせば、片輪だけの自転車、折れたスケートボード、空き缶、骨の突き出た傘、泥に潰れたビニール袋、卑猥《ひわい》な雑誌などが群れを成し鎮座《ちんざ》していた。

ふと、潮の匂いが来る。でも、もうこの匂いを海からのものとは思えない。実際、その匂いは粘着が強く、重く、苦い。匂いを運ぶ風によって橋の上に届くまでに希釈され、潮の匂いとしての塩梅《あんばい》を手に入れているだけなのだろう。この匂いは、汚れの匂いだ。

掌で鼻と口を覆い息をする。この魚臭さすら川のものに思えた。ここはシンクだ。私の目の前で排水口から流れた残飯は、この川にも届いているだろう。ここは川ですらないのかもしれない。

生活排水が埋める水面は、痒《かゆ》みを伴う鳥肌として私の両の腕に浮かび上がる。

「知らないことは弱い」けれど、「知らないからこそ強い」ものもあるのだろうと、吉野さんへの反抗ではなく自身への戒《いまし》めとして思った。この川は綺麗だと、それだけを摑んで歩いていた頃の私の方がずっと幸福だった。

ペースは速いが歩幅は狭く歩き、帰路に着こうとした時だった。

「一、二、一、二」

橋脚の下から、川よりもずっと濃い機械的な緑色が威勢のいい掛け声と共に向かって来る。四隅に人が座ったゴムボート。眼鏡の奥で細めた目で彼らの苦心の表情を掬《すく》い上げる。レジャーの雰囲気ではない。

細長い艇体に縦並びで座り、上体を倒して長いオールで水をかき進むのがボートというスポーツであるのは知っているし、テレビか何かで見たこともある。しかし、これは……。

彼らが私の前を通過する瞬間、川の汚れた匂いをすり抜け鼻孔を刺激したのは制汗剤の匂い。その後で、汗の匂い。彼らの着る化繊のTシャツには、Ｕｎｉｖ．の文字が見えた。

彼らは知らないだろう。自分たちが大量に注文し、残し、帰ったその先がここに通じていると。彼らが大学に近いあの店に来たことがないとは言わせない。今日来たのだって、彼らの可能性は充分にある。言いがかりだと分かってはいるのに、先ほどの慌ただしさを蒸し返され妙に腹が立った。

また彼らはここ以外の川を、澱《よど》みなく手放しで綺麗と言える川を、知っているのだろうか。知っているとすれば、川などまともに見てこなかった私はその点で彼らより弱い。でたらめな重さが、冷える節々に音を上げて染みた。

遠ざかっていく掛け声で、いつだったか父と二人三脚をしたことが思い出された。映像はなく、事実が文字として浮遊する。映像として繊細に浮かべることができたあの河原はどこで、いつのことだったろう。分からない。分からないけれど、リボンが結ばれた小さな箱にそれは詰まっていて、でも添えられた一言が私を責め立てるものに思えるから開けないままでいる。惰性《だせい》で付き合った男からのプロポーズなんかはこういう感情になるのかもしれない。

私は、この川の上流を見たいと思った。単に綺麗な川が見たいというよりも、彼らには負けていたくないという誰に認められるわけでもない競争心が胸を打った。

*

いつ登録したのか分からないスーツ屋のメールマガジンが二着目半額を知らせ、集合ポストに冬物クリーニングのチラシが首を垂れるようになった頃、スマホの暗い画面が母の名前で光った。

お風呂上がりの私は魚臭さを微小に感じ得ながらも、衰えていく肌をオールインワンジェルで引き上げ、青白く光る母の名前を消えるその瞬間まで見ていた。急ぎの用であるならばまたすぐに掛かって来るだろう。あの日のように。

母からの電話には大抵の察しがついている。どうせ仕事や生活、母が酒に酔っているならば恋人はいるのかなどを聞かれ、最後には、いや、初めから最後に話す内容に向かって話は進み、私は一方的に聞かされるのだ、なんて事のない父の話を。父の高尚さを。私は父を、また母を嫌ってなどいない。ただ、それまでは情けなく伸ばした反抗期を目に見えない形で引きずり、いつでも壊すことのできる板張りの壁を築いていた程度だったはずが、大学入学と共に距離という大層な隔たりを生んでしまった。

大学は実家と同県だったが、縦に長いこの県の最北と最南の地区に分かれてしまえばほとんど疎遠と言ってよかった。事実、お正月やお盆ですら、バイトか友人との予定を入れた。帰ったのは、郵送してくれと頼むのが恥ずかしかった卒業アルバムや幼少期にハマったゲーム機を取りに行った数回で、それも一泊以上はしていない。逆ホームシックになるのだと、友人には頷いてもらえなかったが主張した。それなのに、私は少なくない金額の仕送りを当たり前のように受け取っていた。

職場は大学よりは数十キロ実家寄りだったがそんなもの僅かな差で、そもそも私と実家との隔たりは地図アプリ上で鳥瞰《ちょうかん》できるものではない。

おそらく両親の目前には、娘は家が好きではないという不快な靄《もや》が横たわっていることだろう。それは私も同じで、その原因が自分にあると分かっていながらも両親の顔が、声が靄にかかってよく見えず、今日まで曖昧に過ごしてきてしまった。結局、父はその靄の向こうで亡くなった。

私が家族との間に初めて引いた線はどこから伸びていただろう。当時の恋人とお互いに初めての行為をした翌日、私の部屋に無言で置かれた無香料の消臭剤からか。ある日ベランダで雑巾《ぞうきん》にされていた、幼少の頃に買ってもらい、時折思い出したように眺めていたキャラクターの描かれたハンドタオルか。洗濯籠《かご》の中で私の下着の上に乗せられた父の臭い靴下か。母が入信しかけた新興宗教のパンフレットか。それとも……。

こんなものは、投げ網漁だ。無造作に投げ込まれた網には狙った獲物もそうでないものも絡んで、一緒くたに引き上げられる。専門家でない私には、そのどれが価値のあるものか分からない。いちいち取り上げ、眺め、売り物になるかを吟味している間に季節が変わる。自分の気持ちも、言動も、そして両親のことも逐一《ちくいち》精査するのは途方もない作業で、もうそれほど若くない私には荷が重い。若ければ大丈夫というわけではないだろうけれど、それでも若いうちに済ませておくべきだったかと、振り返れば思いのほか近く、しかし、もう取り戻せない父の存在に照らして私は思う。

あの日、窓の外から悲痛な猫の鳴き声が聞こえていた夜中に、母から電話があった。

その時には、それが一度目の電話だと思って出たが、電話を切り、悲しさよりも放心に全身を席巻《せっけん》させたままスマホを握った両手を毛布の上で静かに沈ませ、見るともなしに見た着信履歴で二度目だと知った。赤字で示された数時間前の母の名前に自分の愚かさが滲んでいるようで、足先に酷く冷たい汗をかいた。足裏を擦り合わせながら聞いたのが猫の鳴き声だった。

その頃の私は、買い替えたばかりの低い枕のせいか自分の鼾《いびき》を翌朝の喉の痛みと渇きで感取することが増えていた。薄い意識の中で自分の鈍い咆哮《ほうこう》を聞くこともあった。母の叫びを、息絶えていく父の声にならないうわ言を、その日の私は鼾で掻《か》き消し悠長《ゆうちょう》にも寝ていたのだ。

父の訃報《ふほう》に痛みを感じなかったわけではない。しかし、それ以上に自分のあまりの間抜けさへの辟易が勝っていた。発情期だろう猫の精一杯の雄叫びが眩《まぶ》しくすらあった。

葬儀のために奥行きのないクローゼットの隅で息も絶え絶えにあったリクルートスーツを引き出せば、カビ臭さが舞った。襟《えり》の後ろには抹茶の粉末のようなものがこびりつき、ただ、喪服など持っていなかった私はそれを着て行く他なく、久しく履いていなかったスカートの、それもタイトなものの羞恥《しゅうち》と圧迫感に六畳で一人、悶《もだ》えた。

た母の一言目。

「あんた、喪服持ってないの？」大学卒業後の引っ越し時に会ったのが最後になってい

「ほんと、恥ずかしい子だわ」二言目。

黒ければ問題ないだろうと思っていた私は、そんな羞恥心など知らなかったのだ。あったのは、スカートを履いているという羞恥だけ。今にして思えば、あの場での私も弱かった。

葬儀は滞りなく流れ、簡素な後飾りに置かれた遺影の中の父は晴れ晴れとして見えた。役に立たない娘を戦力には数えず一人淡々と、そして実に凛とした表情で参列者の前に立つ母は、夫を亡くした者の姿としてどこまでも正しく、強かった。そんな母を前に私は、何もしていないというのに肩や背中に張りを覚え、あろうことか母に嫌気すら刺した。なんでそんなにきちんとしているのだと。取り乱し、父の妹がそうであったように、棺《ひつぎ》にしがみつき、嗚咽《おえつ》と共に泣いてみせればいいじゃないかと。そんな自分が間違っているのには気づきつつ、それでも、それ以外に私が抱えられるものはなかった。いつからか自分の所持品となった、無責任な反抗でもって。

きっと最後のチャンスだったのだと思う。父はもういないが、私が家族との間に引い

た線を、消せずとも薄れさせることが可能だと言うのなら、葬儀の期間しかなかった。生前の父の様子を母に尋ね、二人憂いの中で父を慈しみ、失った日々を、私が失わせてしまった日々を逡巡《しゅんじゅん》し、目の奥に灯《とも》る娘への愛を享受しながら母に叱られ、そして二人、泣くべきだったのだ。今日のように電話がきた日には、「もしもし。どうしたの？」と明るく答え、老後に差し掛かる母との二人の生活を、今度は甘受すべきだったのだ。

今の私には未だに靄が見えている。そこには父の影がある。蜃気楼《しんきろう》のように浮かび上がり、どこまで行っても摑めない。

「知らないって弱い」

その通りだ。だって私は、父の最後を、私への想いを、酷いことには死因すら知らない。肺癌の治療で入退院を繰り返している、という母からのメールのみを受け取り、返信すらしていなかった。その入退院の先に死があったのだろうと、漠然と思っているだけ。

今日、母から二度目の着信が来ることはなかった。

【ごめん、仕事で出られなかった。なんか、あった？】

ベッドに潜り、暗闇で煩《うるさ》く光るブルーライトに目を細めながら母に送信する。

【忙しいのに、ごめんね。ううん、もう解決したから大丈夫】

　母からの返信は早い。

「ポロン」という充電音で、今朝スマホに届いていた電気料金値上げのお知らせを思う。そうだ、父の口座は本来母のものなのかもしれない。法律のことはよく分からないけれど、私よりはずっと、母の方がふさわしい。

　何故、私のものになったのだろうと、寝入る寸前の曖昧な脳の効きで考える。答えが出るより先に私は深く沈み、また鼾をかいた。

＊

「ラフティング、ですか？」

　前の客の匂いが残っている。残った匂いを無理やりに潰そうとする匂いも、また別にある。私たちの匂いも積み上がり、そうやってここは成り立っているのかもしれない。私の魚臭さもその一端を担うとすれば申し訳なく、また、吉野さんに匂いを勘づかれるのを嫌った私は、ドリンクバーで並々と注いだメロンソーダに口をつけるより先にトイレへ向かった。

バイト終わりの二十一時。吉野さんと待ち合わせたのはアパートから歩いて十分ほどの場所にあるカラオケで、金曜の夜とあって混んでいた。受付前や出入り口付近には若者の団体が溜まり、その間を横歩きになった老夫婦が目線を落とし歩いているのを直視できないままで追った。私たちがすぐに部屋に案内してもらえたのは、私ではなく吉野さんの日頃の行いによるものに違いない。

石鹸の出る銀色の突起に下から掌の中心を押し当てれば、緑の液体が手指の間から垂れた。メロンソーダに見えなくもない。夜は長いのだ、ホットコーヒーにでもすればよかった。カラオケで夜を明かすなどいつぶりだろう。

手の甲も手首も満遍《まんべん》なく擦る。いくら洗ったとて駄目かと思っていれば、洗浄力が強いのだろうか、意外にも匂いは薄まった。思い切り吸い込んでやっと届くところにある程度。

重たい引き戸を開け部屋へ戻った私に吉野さんがおもむろに向けたスマホには、あの川で見たものよりは一回り大きく見える黄色いゴムボートの画像が表示されていた。ボートの前半分が、川がつくる波によって持ち上がり、乗艇した男女の大きく開いた口からは、叫び声か歓声が聞こえてくるようだった。

「そう！　少し前に五十嵐さんが言っていたでしょう？　川でこんなゴムボートを見たって」

「はい。こんな感じ、でした」

吉野さんとのメッセージのやり取りは断続的ではあるが続いている。電話こそしたことがなかったが、互いの生活の愚痴《ぐち》や何てことのない報告、特に吉野さんが饒舌になるのは推しだという男性アイドルグループの話で、私は街中でコラボグッズやポスターなんかを見つけると、自分に魅力は分からないけれど、写真などに収め情報提供をしている。とにかく、メッセージの内容はくだらない。お互い努めてそうしているようにも思えた。

そんな吉野さんから、【話したいことがある】とメッセージが届き、幾分か身構えたまま誤魔化すように、【ならオールしてみますか？】と送れば、前のめりに同意が返ってきた。本当に前のめりだったかは確かめようがないが、深夜に送ったメッセージへの素早い返信を私はそう受け取った。三日前のことだ。

「私、これやってみたくて。話したいことっていうのは、これなんだよね」

必要以上に沈み込むソファに二人、横並びに座れば、吉野さんのスウェットを着た二の腕の感触をくたびれたボタンダウンのシャツ越しに感じた。

近頃では気温も少しずつ上がり、さすがに夜の屋外ともなればアウターが必須だが、日中や室内では躊躇《ちゅうちょ》なくそれを脱ぐことができる。

近づいた距離で、再び匂いを意識する。手を洗ったとはいえ、魚臭さは髪や首なんかに染みついているだろう。時間を遅らせてでもお風呂に入るべきだった。距離を取るのは失礼だと思われ息を止めたが、そんなもの何の意味もないのだった。今日も手を突っ込んだ濁ったシンクと汚い川が鼻先を通過し、当然大学生も多く来店していた金曜夜の忙しさを呪った。店長は売り上げを確認した後だけ機嫌がよかった。

「私の推しがさ、海外でやってたんだよ。この、ラフティングってやつ。コロナが落ち着いてきて、海外ロケが解禁されてさ。それがもう、とっても楽しそうで」

あぁ、どうやら吉野さんのこの熱量は、推しに感化されたものらしい。それなら、と納得がいく。私が送ったメッセージに興味を持ったというのが理由でないことは私を僅かばかり寂しくさせたが、そんなもの、推しへの熱量の前では冷水機の水に混じって出てくる細かな氷ほどの溶けやすさしかない。

「でね、調べたら県内でもできるらしいの。ほら」

切り替わった画面に表示されたのはリバーレジャーを行う会社のホームページで、掲載された写真の場所はこの町から山間部に向かって二時間ほど進んだ、名前も知らないダムの少し下流にある川だった。川の名前は確かにあの生活排水のものとは異なっているが、私の少ない地理の知識で知っているものとも違っている。しかし、自分で開いた地図アプリ上で人差し指を滑らせれば間違いなくあの場所へ合流していた。日本一の長さを誇っているのだ、支流などいくらでもあるだろう。当たり前だが、川は何股《また》にも分かれている。

検索エンジンでその川の画像を検索すれば、青や透明の水面も、川に沿って林立する杉林も、白い波の立った川も、どれも美しく表示された。流れの中を黄色いボートが飛び跳ね、乗艇したグループが満面の笑みを浮かべる画像も見つかった。

しかし、これが本当かどうかまだ分からない。暖かくなり、バイトへの行き帰りで見やるあの川の穏やかさは水温の上昇を想像できるほどに増している。橋の上から見ている分には、やはり心安らぐものであるのは変わらないのだ。川縁で見たあの記憶さえなければ。

画像で見るこの川だって、川縁に立てば変わってしまうかもしれない。それがいい方向に変わることを今は小さく祈る。

「行ってみたいです」

「だよね！　よかったぁ」

吉野さんのどこか幼い様相は、以前に会った時よりも増して見える。何度も繰り返し流れる若手バンドグループの尖《とが》ったふうのインタビュー映像が、いい加減邪魔だった。吉野さんの話にだけ集中させてほしい。こんな場所に来ているというのにマイクに触れようともしない吉野さんの気持ちを勝手に察し、嬉しくなり、私もマイクには触れなかった。

吉野さんも新しい職場で働き始めたという。私のようなバイトではなく派遣会社に登録し、そこから斡旋《あっせん》された会社で働いているらしい。無邪気にも見える吉野さんを思えば、以前の仕事よりも伸び伸びとやれているのかもしれない。吉野さんであれば、どんなところでもうまくやれそうなものだが。

ただ、仕事の話に深入りするのは気が引けた。吉野さんも初めこそ私の仕事を知りたがったが、それもあの日に限った話で、メッセージでもほとんど触れてこない。話すとしても、私が愚痴をこぼした時だけ。私たちはもう同僚ではなく、むずがゆい言葉を使うならば友達で、そこでは仕事の話は余計に思える。吉野さんもそう思ってくれていたら、そう思って仕事の話を出さないのであれば、嬉しい。初めはそうだ、友達ではなかったのだから仕事の話もありだった。行ったことなどないが、合コンなんかでもその話題はホットだろう。

「でも、もう少し暖かくならないと厳しそうですよね？　絶対寒い」

「それはそうなんだけど、来週にはもう受付を始めるらしいんだよね。水の中は暖かいのかな？」

「かもしれないですね」

プールの授業なんかそうだったよね、と昔の記憶を呼び出し、それが一致する感覚はただでさえ動きやすい声帯を軽くさせた。カラオケにいるからかもしれないなどと思いもしないことをわざわざ考えたりもする。

「まぁ、私たちは何も知らないもんね」

「です、です。でも、本当に行きたいです」

知らない、その言葉をまた吉野さんから聞いてしまったなと、何かうまくないことがあるわけでもないが思う。ただでさえ尾を引いているのに、これはいよいよと身構える。

「私、電話してみようかな。寒いですか？　って」

「いいんですか？　でも、寒いとは言わなそうですよね。お客さんには来てほしいでしょうし」

「でもさ、行ってから、寒い、寒いなんて言われても、向こうも迷惑でしょう？　だから、安易には言わないと思うけどなぁ。とにかく一度聞いてみる。私たちは知らな過ぎるから」

おどけたように、吉野さんは言う。知らない、その言葉を便利に使っているように見えて何故か少しだけ嫌だった。私は重く捉え過ぎているだろうか。

「それにしても好きですね、推しのこと。お子さんもいて忙しいのに、推し活？　っていうんでしたっけ？」

お子さんがいるのに私とオールなんて大丈夫ですか？　聞いてみたいことだったが、それを私から言うのは不躾《ぶしつけ》な気がしてやめていた。だから、こっそり忍ばせた。バレバレだろうか。

「まぁね」

相変わらず大きな黒目が右、左と動く。薄暗い部屋で手探りのまま光源を得ようとする黒目は力強く、しかし、それを泳がせる吉野さんの意識には迷いがあるのが愛《いと》おしく思えた。私は性格が悪いだろうか。

そりゃあ、お子さんたちへの後ろめたさに近い何かは、抱えていて然るべきだろう。推しには少なくないお金と時間を使っているだろうし。

差こそあれ、それは私との時間も同じで、深夜に返ってくるメッセージも、今日のオールも、ともすれば負担なのかもしれない。でも、やはり私は口にできない。「そんなことないよ！」を、例の誘導尋問と同じく言わせるようで。

それに私は、今の関係に影を落としたくない。これまではメッセージだけだったが今日を契機に何か進展する予感があって、身勝手だと分かっていながら止められない。恋路に重ねるのは卑しいが、それに近い感覚は「最先端マシーン」との言葉を受けた時から燻《くすぶ》っている。燃え上がることはないにしても。

「趣味があるって素敵ですよ！　私にはないですし」

用意していたよりも大きな声が出て、場所が場所なだけに反響する。言葉も、声量も、詮索《せんさく》も余計だったと反省するが遅い。

「ははは。気にしないで。ちょっとやり過ぎかなって、自分でも分かってるからさ。同じCD二枚以上買うなんてさ、信じられないよね、普通は。ありがとね」

なんでもないふうに言って、吉野さんはティーカップに口をつける。林檎《りんご》の匂いのする紅茶。黒光りするテーブルには一応というようにアクリル板が置かれていて、私たちを隔てようとしている。けれど、これは私が家族との間につくったものとは全く違う。世間がそうさせているだけで、いつでも取り除ける。現に私たちはソファに寄りかかり、腕が触れている。アクリル板も固定などされていない。私は、吉野さんが推し活のことだけに言及したことへ寄りかかった。

「そろそろ歌おうか。ほら、五十嵐さん」

切り揃えられた前髪の奥で眉毛を上げ、軽く下唇を噛んだいたずらっ子のような表情で吉野さんに促《うなが》される。目線がやっとマイクに移された。インタビュー映像はいつの間にか女性声優のライブ映像に変わっている。

「吉野さんからにしてくださいよ」

言えば、吉野さんは満更《まんざら》でもない顔で推しの曲を入れた。これまで触れることもなかった曲。知らなかったはずの曲。私は、吉野さんの歌声の裏で小さくそれを口ずさむ。

無意識だった。

「私がもう少し若ければ、本当に危なかった」

「もっとハマっていたかもってことですか？」

ラップパートのある、消費カロリーが高数値を叩いた曲を歌い上げ浅く息をした吉野さんは、温かそうな両の頬に手を当てて言う。

「そうそう。ガチ恋ってやつ」

吉野さんは充分に若く見える。年齢ではない。私の内の方がよっぽど廃《すた》れ、乾いているように思う。

「歳、関係ないんじゃないですか？」

子供も夫もいる。それが何よりの壁だろうと想像する。でも、そんな壁どうでもいい。推しか、つくってみようかな。浅はかに持ち上げ、すぐさま手を放す。

「でもさ、もう三十二だよ？　きついってー」

初めて歳を知った。大方そのくらいだと推察していたものの言われると現実味を帯びる。九つ違い。二桁に届かなかったことだけを握った。

「そんなこと、ないです」

本心ではあった。でも、うまく伝わらない予感があって、また、それが予感に留《とど》まるほど私は間抜けではない。二曲続けて予約を入れ、音程バーを無視して叫ぶようにした。

「古い曲ばかり歌うねぇ」

吉野さんが笑ってくれてよかった。両親の車で聞いていた曲だった。聞いていた、と懐かしめるほどの思い出はない。私の音楽はそれからアップデートされていないだけ。悔いることはなくとも、せめて、吉野さんの推しの曲くらい歌えたらと次に入れたが散々で、吉野さんは私の肩を音を立てて叩いた。私は吉野さんの目尻に走る皺《しわ》を狙って見た。

「私のを聞いて、勉強しなさい」

そう言った時だけ、吉野さんのお母さんの部分が顔を覗かせた。どこか安心した私はその後の記憶が曖昧で、おそらくは反響する鼾で吉野さんの邪魔をした。

軋み、ぼやけた頭で吉野さんの薄く丸い肩を揺すった。昨晩の断片が繋がりそうで繋がらず、小さな寝息の横で冷めきったコーヒーを啜《すす》る。爽やかなものを欲してオレンジジュースを取りに行き、戻れば吉野さんが目を擦っていた。

「コンタクト、取り忘れた」

少女のようにさえ見えた。見えたが、それ以上は考えられなかった。

「オレンジジュース、飲みますか？」

無言のまま頷き、吉野さんは喉を鳴らした。それを見てもまだ、私は何も感じずにいる。記憶が繋がりかけても、私はそれを結ばなかった。

「ありがとうね」

そう言われてしまっては「自分が飲みたかった」とは言えず、もう一度取りに行くのも億劫《おっくう》で、

「帰りますか」

と、冷たくはないだろうが温かくもない言い方をした。

会計は吉野さんがした。感謝は伝えた。でも、そうなるだろうと思っていた私は嬉しさなど抱かないままで、店員と吉野さんの気だるいやり取りを申し訳なさだけで後方から眺めた。外で阿呆《あほう》と烏が鳴いた。

「朝はまだ寒いね」

ベージュの薄手のコートの前身頃をきつく閉じ、吉野さんは車道側を歩く。癖なのか

もしれない。吉野さんも、ふらつきながら歩道側を歩く私も。

「でも、気持ちいいかも」

私は頷くだけだった。アパートにはすぐに着く。吉野さんはカラオケの駐車場でなく、コインパーキングに車を停めたらしい。「混んでいたの」そう言った吉野さんにはきちんと感謝ができたと思う。

「ありがとうね。楽しかった。ほんとに」

私の方こそ、と伝えかけて欠伸《あくび》が出た。冷たい指で頬を刺される。

「この日のこと、忘れないと思う」

吉野さんは私を見ないままに言って、小さなジャンプで縁石に乗った。


アパートに着きシャワーは浴びず、ジャージにだけ着替えて潜ったベットで最後の吉野さんの言葉を反芻《はんすう》した。空っぽの胃から上がってくる熱を冷ますように、私は昼までを寝て過ごした。バイトは休みだった。吉野さんは仕事らしかった。浅はかな優越感は分かりやすく私を抱き上げる。

二. 名前のない墓標

口座残高が多少の潤《うるお》いを見せている。

いつぶりかの記帳を済ませた通帳を車に戻ってから開いた。フロントガラスを叩く雨音は柔らかく、いくつかの粒が集まってやっと丸みを帯びる。ここ数週間で車体に降り注いだ花粉や黄砂を洗い流すには物足りないなと、他人ごとのように感じた。

同級生のＳＮＳはできるだけ見ないようにしているが、結婚となればそうもいかない。プロフィール欄に書かれた日付とリングの絵文字。胸元を惜しげもなく出した白いドレス姿のアイコン。それらは嫌でも目に入る。そうして思う、どこにそんなお金があるのだろうと。

父の残したお金を使っている間、自分の口座はほとんど減らずに済んだ。この潤いは間違いなく私のものだけれど、私がもたらしたものではない。それに、すぐに枯れるとも知らない。

父のお金はすでに底を尽きかけ、無駄遣いをしなくとも生きているだけでお金は異常にかかるのだなと、半角文字で印字された三万五千円の支出をなぞった。スーパーで買った半額の果物ゼリーが助手席を重く歪ませている。

同級生らはこんなことでは頭を悩ませず、それこそもっと高尚な、例えばセックスレスだとか、姑《しゅうとめ》のことだとか、彼氏や夫の浮気だとかに気を病むのだろう。並べ立てた事柄の低俗さに呆《あき》れつつも、これが私の通常運転だと、動きを速めていくワイパーを目で追った。丸みを帯びる前に潰され、一直線に集められていく雨粒の弱さが沁《し》みた。それでも降り続ける雨は自己を主張し続けるのだから敵《かな》わない。

通帳を鞄《かばん》に押しやり、軽いアクセルを慎重に踏む。中古の軽自動車は空振りするようなエンジン音を申し訳なさそうに鳴らし、懸命にメーターを振って進んで行く。

濡れそぼった車道は長い水溜りに見えた。小さくかけたラジオは、リスナーから送られてきた素人丸出しの大喜利を大袈裟な効果音で無理やりに昇華させていく。

「こんな忍者は嫌だ、どんなの？」

「足音がデカい」「手裏剣がヒトデ」「くノ一の心に侵入できない」

くだらな過ぎて、逆に面白いかもしれない。ほんの少しボリュームを上げた。

母からのメールを、雫でぼやけた赤信号に透過する。

【胃潰瘍《かいよう》になりました。少し前から、なーんか変だったんだよね。先生曰《いわ》く、疲れかな、だって。ちょっと入院します。手術もします。一応、報告。後から知るより、いいでしょ？】

いつだったか電話が来た時もこれについて話したかったのだろうか。

「仕事が大変で、体調悪いんだよね」なんて言われ、常套句《じょうとうく》的に、「無理しないで。たまには休みなよ」それだけ言えれば、母は入院までしなくて済んだのではないか。今さら考えても仕方のないことが父の遺影を背景に浮かんで離れなかった。

母は、見舞いには来なくていいと付け足したが、

「それはさ、来てほしいとは言えないんじゃないの？　忙しいだろう娘に、少しの入院と手術くらいじゃさ」

と、吉野さんに半ば責められるように言われ、キャスターが梅雨入りを匂わせ始めた今日、車を出した。母の気持ちはきっと、私よりも吉野さんの方が分かる。関係性によるものではない。種族として。

思えば久しぶりの運転だった。ガソリン代を節約しているといった大々的な名目はな

かったが、冬タイヤを持たない私は降雪や凍結の恐れがある時期には運転資格を持たず、またバイト先には歩いて行けた。スーパーもコンビニも近くにある。車が必須の地域だとしてもどこかへ遊びに行こうとさえ思わなければそれで済む。しかし、手放すことには勇気がいる。そういう場所。

「命に別状はないし、病院食を楽しみにしている」とも母は言っていた。吉野さんからのお達しを、車を走らせる一番の理由にしている私は案外平然で、穏やかな心持ちですらある。これが私と母の何かを進展させることになるかもしれないという淡い期待こそ、なかったことにして。

病院のだだっ広い駐車場は入り口から遠い場所しか空いていなかった。車から入り口まで歩いた数分で酷く濡れ、受付で記入させられた名前や住所には髪から落ちた雫が滲んだ。車に傘など置いていなかった。運転中には気づいていたことだが、わざわざ買うのは馬鹿馬鹿しかった。

「コロナの流行もありまして、来訪者には必ずご記入いただいているんです。申し訳ございません」

文句など言っていないのに、受付の女は清潔な声で言う。

「すみません。元々こんな字なんです。雨に滲むから、綺麗に書く気も失せたんです」

そうやって謝るのはこちらな気がして、一時、悪いことをしたなと反省したが、隣の受付からも同じ文言が聞こえ、昔の職場を思い出しながら一層乱暴にペンを走らせた。

始業と共に受話器を取り上げ、用意された文言を用意された口調で一斉《いっせい》に話す。

「突然のお電話、すみません。申し訳ございません、今お時間よろしいでしょうか。そうですか、すみません。申し訳ございませんが、ご存知でしょうか」

誰に何を謝っていたのだろう。誰のための謝罪だ。あの頃ですら知る必要はなかった。そんなこと、求められていなかった。そこまで考えてやっと、女に同情というよりは同調した。

「五十嵐様ですね。お母様のお見舞いということで……」

昔、それがいつだったかは思い出せないけれど、こうして誰かのお見舞いに来た時には院内にずかずかと入り、点滴を引く人、車椅子に乗る人、看護師、それらと一緒くたになってエレベーターに乗り、またずけずけと病室まで入った。あれはそうだ、宿題を届けに行ったのだった。だからきっと小学生の頃。

「あの、お母様はこちらの記録によりますと、すでに退院されているようです。本日の午前中に。えっと、ご確認されてみてはいかがですか？」

「へ？」

漫画やアニメでしか聞かない効果音が自分から出たと気づくまでには時間がかかった。へ？　改めて、脳内で繰り返す。

「そうですか、すみません。ちょっと母に確認を取ります」

これはさすがに赤面ものだった。誰かに電話をかけているわけでもないスマホを硬い耳に当て、なるべくゆっくり歩を進め売店に入った。受付から見えない位置を探る。

簡素化されたコンビニのような造り。通路は狭く、すれ違うことはできない。バイト先の方がよっぽど身動きが取れる。下着や靴下の品揃えが豊富で、色は白と黒、また思い出したようにグレーが置いてあるだけだったが、サイズは子供用から大人用、ふくよかな人のものまで揃っていた。意味もなく手に取ったブラジャーは私のサイズよりも二回りも三回りも大きいもので、すぐに手を離した。ばさり、と音がした。私のものは、ふわり、と鳴る。

下着に次いで豊富だったのは雑誌。週刊誌はメジャーどころはもちろん、見たことがないものまでズラリと並び壮観ですらあった。

小説や漫画は最新のものが少しあるだけで、こちらはコンビニのそれと大差ないと思われた。目につくのは紫やピンクの背表紙で、こんなものを買う人はすぐにでも退院できるだろうと、横目で卑猥なタイトルを嫌忌《けんき》した。

【母親、もう退院してました。一言くらい言えばいいのに】

母より先に、吉野さんへ連絡を入れる。笑い話になればいい。吉野さんに笑い話にしてほしいというよりは、自分に笑い話にする気があるのか確かめたかった。【むかつく】は、打ったがすぐに消した。どうやら私は大丈夫そうだ。

【退院してたんだね。先に言ってよ。恥かいた】

素早いフリック入力で母に乱暴なメールを送ってから緩くかかったラジオを消し、シートを倒して天を仰ぐ。

大学卒業と同時に父から譲ってもらった古い軽自動車の天井には、茶色になる寸前の黄色い染みが付いている。それをまじまじと眺めたのは初めてに思えた。タバコの染みだろうか。私の知る限り父はタバコを吸わなかった。ならば、その前の持ち主か。私はタバコを吸わないのだし。父が肺癌になったわけを掴み損ねる。

「え、ほんとに来たの？　午前中に退院しちゃったよー。あんたこそ前もって言っておいてよ！　えー、私が悪い？　悪いか。とりあえず、家には寄っていきなさいよ。お線香くらい、ね」

返信がある前に電話をかけてきた母は一息で言って、満足げに喉を鳴らした。お茶か何か飲んでいるらしい。私が恥をかいている間、呑気《のんき》にティータイムだったわけね。これも含めて、笑い話にしてやる。急いでスマホを耳に当てたために、耳がずきりと痛んだ。

「分かった。お土産とか、ないからね」

「そんなのいいよ。雨だし、気をつけなさいよ」

雨に気をつけるなど今さら。あんたが自適に過ごしている間に死線はすでにくぐっている。久しぶりの運転は私を随分疲れさせた。そのことを、電話を切ってから嫌に意識した。

半額のゼリーを駐車場で平らげ、ゴミは近くのコンビニに捨てた。お土産など初めからなかった、と言い聞かせる。二つも食べたからか満足に腹が膨れた。今日はまだ何も食べていなかった。

「まさかほんとに来るなんて思ってなくて。ごめんー」

やっと謝ったな。電話がかかってきた時、開口一番謝ってくるだろうと踏んでいた私を嘲笑《あざわら》うように、母は合わせた両手の脇から顔を出す。こけた頬が目立っている。母は以前に会った時よりも五キロほど痩せたらしい。

「言ってあったじゃん、行くよって」

吉野さんに押され、【お見舞いくらい、行くよ】と、母には送ってあった。返信こそなかったが、病院では携帯を満足に使えないからだと理由づけをしていた。

そういうところだよ、私が嫌なのは。言いかけて堪《こら》える。本気で思っているわけでもない。

自分の誕生日までの日数を指折り数える。こんな歳になってまで家族を邪険にするのはあまりにだと、私はわきまえようとする。

「でもさ、まさか本気だとは。来なくていいって私も言ってあったし」

「それの方こそ本気だと思わなかったよ。遠回しに来てほしいって言ってるみたいだし、それ」

「そんな面倒くさい若い女みたいなこと、しませんよ」

「あぁ、そう」

口調は互いに強いけれど、空気はあくまで穏やかに流れた。勢力を落とした雨雲から甘い湿度が降りて来て、静かな斜線を窓の外で引いていた。

「忙しい？　やっぱり」

二人を隔てる雨音は気まずさを演出したりはしない。しかし、せっかく疲労を伴ってここまで来たのだ、時間を不毛に散らかすのは惜しいと言葉を探した。差し当たった台詞《せりふ》のありきたりさからは、目を逸《そ》らす。

「そうだねぇ。世間ではコロナが落ち着いてきているみたいだけど、こんな田舎じゃ、まだまだ忙しいね。ちょっと喉が痛いくらいでうちの病院に来ちゃうんだもん。おじいちゃん、おばあちゃんがさ。まずはかかりつけ医に行ってくださいって言ってるのに。検査キットだって薬局で買えるんだよ？　精密さは知らないけど、その人たちは大丈夫って分かればそれで満足するんだから。それに、庭いじりしかしてない老夫婦が感染するわけないって。ははは」

砂糖が白く塗りたくられたバームクーヘンを手掴みで頬張った母は、苦い顔で言う。最後に笑って帳尻を合わせたように見えた。カラオケで見た老夫婦なら感染するかもなと漂わせ、だが、自分が感染するとは露ほども思いつかないのだった。

看護の学校を出て、そのまま看護師として就職した母。医療従事者にしては軽率な発言だとも感じたが、今日までずっと看護師としての人生を突き通してきた母の言葉には、真意は別としても、説得力があった。対する私は定職を持たず、母に向けられる武器などない。

本来なら私もその道を辿《たど》るべきだった。そういう道は、きちんと見えていた。受験期に両親から勧められたのは母の母校であったし、父の仕事も医療品メーカーだった。

私は看護に興味などなかったし、それよりはいくらでも将来の可能性を持てる大学に進むべきだと判断した。結局は三流の私立文系を丁度の単位で緩々と卒業し、もしかすればあったのかもしれない可能性を、看護へだけでなく自分というものへの興味のなさから潰《つい》えさせ、今はただ、のらりくらり惰性で生きているのだった。

振り返れば、「看護に興味がない」と両親に言ったのも浅い反抗だったのかもしれず、そんなくだらないプライドは持つべきではなかった。看護以外にも興味はなかったのだ。ならば看護でもよかったではないか。しかし、これだって今そう持ち出しているだけで、過去の私は自分の選択が正しいと信じて疑わなかった。たとえ看護に進んでいたとしても、母同様に長く勤めあげられたかと問われれば私にその自信はないけれど。

「無理はしないでね」

工夫もない、使い古された、誰にでも言える言葉しか私にはない。その陳腐《ちんぷ》さが憎らしく、ただ、これも笑ってしまえるなと、乾いた声が出た。

「サンキュー」

母の声は私よりずっと軽い。気遣いのためにそうしているならやめてほしかった。お葬式の時にもらったのがね、残ってたの。そう言ってバームクーヘンを丸々一本平らげようとする母の、丸まった背中を見ていた。こんなに甘いものを食べているのだ、本当にもう大丈夫なのだろう。

あぁでも、それなのに頬はこけてしまうんだ。今も、そして葬儀の時だって、母は強かったわけではないのかもしれない。胸の隙間にざらざらとしたものが音を立てて流れていくように感じた。

「お母さん、そんなに食べたらよくないよ」

「さっきから心配し過ぎよ。仕事はセーブするし、大丈夫。もうそんなに働く必要もないし」

「そうじゃなくて」

「なによ、一人娘も独り立ちして、夫も亡くなって、そりゃあ初めは寂しかったけど、これからは自由に生きるのよ、私は」

強がっている、などと勘繰るのは母への冒涜《ぼうとく》に思えて、

「太るよって言ってんの」

と、乱暴な言葉で横入りしバームクーヘンを掴んだ。黄色い屑《くず》がボロボロと零《こぼ》れて低い木製のテーブルを汚す。四隅に貼られたキャラクターのシールは、いつかの私の仕業《しわざ》。吉野さんの傘の柄が浮かぶ。

「いいの、いいの。もうセックスもしないから」

母が言うと、下品に聞こえないから不思議だ。私が物心ついた時からそうだった。医療用語とすら思える。

そんな、おそらくは母が私の部屋に置いた無香料の消臭剤は単なる優しさで、そこから線が伸びているのだとすれば私はどこまでも親不孝なのだった。

なかったことにしていた期待が、形は違えど少しは輪郭を帯びてきた気がした。早く吉野さんに連絡がしたかったが、忙しいのだろう、返信はまだなかった。

「泊まっていく？」

「ううん、明日も朝から仕事だから」

「そっか、忙しいのね」

　バイトだと言えないのは醜い自尊心に他ならず、母を安心させるためなのだと即座に変換できてしまうのもまた、私の醜い部分なのだった。

　バームクーヘンが残り僅かとなり、もう一切れくらい貰おうかと手を伸ばせば、お皿の代わりにされていた雑誌が目についた。見覚えがある。病院の売店で見た、聞いたことのない名前の雑誌だった。小振りな胸を必死に寄せた女の表紙。情けなさと親近感が同時に立ち上がり、どちらも宥《なだ》めた。

「あ、これ？」

　母が雑誌をつまめば、また屑が落ちた。

「この『名前のない墓標』ってのが気になって買ったの。病院って、患者になってみると暇なのね。普段はあんなに忙しいのに。知らなかったわ。路傍《ろぼう》の石に気づけるのは、下を向いて歩いている者だけだもの。上を向いて歩こうなんて安直ね」

　妙に詩的に話す母の口調は、この雑誌のせいだろうか。

驚いたのは、私も『名前のない墓標』という見出しに惹《ひ》かれたために雑然とした雑誌棚に置かれたこの一冊を覚えていたことだった。決して貧乳の女によるのではない。私たちは親子なのだなと幼い感慨を抱きながら、そんなところしか似ていないのだなと、心細くもなった。

母がぷつぷつと語る記事の内容を、鼓膜を震わせることなく聞きながらページを捲る。文字ではなく形を追う。

一年ほど前から始まった某国の侵攻に、興味がないと言えば嘘になる。でも、その興味はあくまでも、知っていたらかっこいい、なんて程度のもので、折に触れて簡単にネットで検索もしていたが小難しい話は理解が及ばず、だから私は、誰か詳しい人がいれば噛み砕《くだ》いて説明してもらえればいいと緩く構えていた。

そんな私にとってその見出しは、内容は、興味深かった。凄惨《せいさん》さをこれほど端的に表せるものは他にないとすら思えた。それは私がこの手の話題に明るくないからでもあるだろうが。

壊され、焼かれ、失われていく町や土地の中で唯一拡張を続けているのが墓地らしい。墓地といっても浅く穴を掘り、骨や遺品を埋め、土を被せ、最後に木札を立てるという簡素なもので、ただ、木札に名前が彫られるのは稀《まれ》だという。

損傷が激しく、元が人間だと疑いたくなるような遺体、姿形は留めていても、それが誰なのか知る人がいない遺体、それらを埋めた土の上に立てられる木札こそ『名前のない墓標』。

【彼らは真っ新な墓標に祈るのです。どうか安らかに、どうか報われますように、天国で彼らを知る人と出会えますように、と】記事はそう締められる。

「日本で、それも病院なんかに居たら、こんなことはないのよ。亡くなる人はその人個人として亡くなって、その傍《そば》には大抵、誰かがいるの。医者だけだとしても、誰かは。そして名前を呼ぶの、最後には絶対に。それが感謝か、悲痛な叫びか、単なる呼びかけか、その差はあれど、ね」

母の手はバームクーヘンを摑んだまま止まっていて、受け皿を失った黄色の屑がテーブルの上に音もなく積もっていた。それに気づいた母は関節の太い人差し指を押し付け、丁寧に口に運んだ。小さく出した舌が、かわいくない小動物のようだった。

母はきっと、父のことを思い出しているのだろう。思い出す、と言えるほど過去にすることはできず、今まさに目前に父を映しているかもしれない。バームクーヘンは父の好物だ。一人で二人分を食べているのだとすれば、「太る」なんて言葉は的外れで、もしかすれば母も、こんな食べ方をしたくはないのではと思わされた。

著名人が亡くなっても、近所に忌中札が立っていても、コロナの死亡例が、侵攻による死傷者がニュースで取り上げられても、気の毒だと思うだけで私はそれ以上進めない。ましてて名前も知らないとすれば……。

「お父さんの名前、呼んであげてね」

バームクーヘンを平らげ、テーブルを拭いたアルコールシートをキッチンのゴミ箱へ捨てに立った母の声が、屋根を叩く柔和な雨音の陰で息をする。扉一枚隔てた仏間から漂う線香の匂いが初めて鼻に触れた。

「うん」

答えながら、肩掛けの鞄を手に持って横開き戸を開ける。こじんまりとした仏壇だが埃《ほこり》一つ被っておらず、ぴかぴかと金色に光る装飾は中学校の修学旅行で見たどこかの寺院を彷彿《ほうふつ》とさせた。

「お父さん」

正座をした太腿に手を置いたまま呟く。スキニーデニムに圧された脹脛と膝の裏が鈍く痛む。

「お父さん」は、名前ではないなと思う。でも、お父さんはお父さんで「恵一《けいいち》」とは呼べない。お母さんはお母さんで「美紀《みき》」ではない。ただ、私は私で「加奈子《かなこ》」でもある。私が知っているのは私のことだけで、私以外の苦労も苦痛も、ましてや死も、結局は関係のないことなんじゃないかなんて思えて怖くなった。私は、こんなにも悪い子だったろうか。

【すれ違ったんだね。心配かけたくなかったんだよ、きっと】

鞄の上に置いたスマホが光り、吉野さんの言葉が表示される。あぁ、欲しい返事じゃなかった。これでは笑い話にできない。笑い話にする気になれない。やっぱり誰も何も知らないように思えて、助走をつけてりん棒を振った。おりんの音色が止む前に玄関へ向かった私に、母は何も言わなかった。

＊

朝十時からだったシフトが十二時からに短縮された。思いもよらぬ時間ができたことは私を柔らかい毛布の奴隷にしたが、昨日、母に嘘をついた気分にもなって、誰に見られるわけでもない店長からの着信履歴を乱暴に削除した。左へのスワイプ一つでなかったことにできる容易さに寝起き特有の嫌な匂いのする息が漏れた。

せっかくの早起きを無駄にするのもどうかと足先だけを毛布から伸ばせば、つい先日まで朝晩の寒さに震えていたことを懐かしく想起した。今日は雨も降らないらしい。梅雨への怯えを全面に出したキャスターへの疑いを、カーテンの裾《すそ》から漏れる白っぽい温和な光で強める。

【昨日は来てくれてありがとね。お父さんも喜んでいると思います。身体には気をつけて。また電話します】

母からのメールは深夜に送信されていた。手紙ではないから推敲《すいこう》した跡なんか見えないけれど、その痕跡を送信時間だけで読み取る。

足を高く上げ振り下ろしたその勢いで起き上がり、普段愛用している綿の洗濯可のマスクではなく使い捨ての不織布《ふしょくふ》マスクを出した。高いんだよなぁ、これ。そう思いながらも微量に消毒の匂いのするマスクに安心する。

以前の職場を辞めさせられた理由の一つには、それが体のいい後づけだったとしても、コロナがあったはずだ。でも、コロナを憎く、また憂慮の対象として真っ直ぐに見据えたのは世間からずっと遅れて昨日から。母の多難を知って、やっと。

時間を持て余し、何かしなくてはと回した洗濯機の調子が悪く、あれやこれやと奮闘しているうちに時間は過ぎ、また、取り出した洗濯物にはわかめのような黒いカスがいくつも付着し、それは取ろうとすればするほど繊維に入り込み明るい色の服やタオルを濁らせるものだから、結局、家を出たのは出勤時間ギリギリだった。車で行った方が良いかとも考え、いや雨でもないなら歩くべきだ、などとまた余計に逡巡したせいで最後には小走りする羽目になった。

こんなことばかりだ、と橋の上から横目で見た煌めく川面に唾《つば》を吐きかけた。運悪く唾の落下に合わせて橋脚から出て来た大学生の頭頂部が汚れる場面を刹那《せつな》のうちに脳裏で描いて、また余計なことをと頭を振る。いや、あれだけ汗だくになるのなら唾になど気づかないか。額を伝う熱い汗を狭い更衣室で拭いながら、改めてその場面を想像した。

「五十嵐さーん、ごめん。さらに三十分遅らせてもいい？　今日全然お客さん来なくて！」

「それなら仕方ないですねー」

更衣室のカーテンの向こうから聞こえた店長の間延びする声に、表情は歪めつつ声だけは明るく言う。テレアポで培った、技術とも特技とも言えないやり方。

シフトの突然のカットは、何かの法律に引っかかったりしないのだろうか。吉野さんの言う通り、勉強した方がいいのかも。でも、それ以上にアルバイトの立場はあまりに弱い。

この前のように突然混んだらどうするつもりだろうと、責任からは遠く離れた位置で野次を入れ、パイプ椅子を揺らし時間を潰した。


【バイト終わるの何時？　もし遅くならないようなら、夕ご飯とかどう？】

上がりの時間は予定通りの十七時で、これはいよいよ抗議するべきかとわざとらしい咳《せき》ばらいをしてはみたが、店長から「ごめんね、カットしちゃって」と声をかけられ、それればかりか缶コーヒーまでもらい、極めつけには吉野さんからのお誘いを受け、まぁこんなものか、延長させられていたらいたで憤っていたかもなと、店長には「いえいえ！」と、今度は表情ごと明るく言い、吉野さんには【今終わりまし！　夕ご飯ん行けます！　魚臭かったらすまみせん！】と、誤字の確認もせずに送った。

待ち合わせた店はチェーンのラーメン屋で、店内にはいくつも空席があったが店員に案内されたのは両隣に家族連れの座る賑やかなテーブル席だった。入り口ですれ違った三人組のサラリーマンがつい先ほどまで座っていたのだろう、硬い木製の椅子に敷かれたくたびれたクッションが生暖かかった。

「時間のカットには、何か深い理由があるのかもね」

吉野さんは私の一歩先を行く。優しい人なんだなと、もう充分に詰め込んだ気持ちをさらに押し固めた。「知らないって弱い」そう言った吉野さんのことだ、こういうふうに考えられるよう訓練しているのかもしれない。

ラーメンが届くのは回転寿司ほどではないが早い。湯気で曇った眼鏡に啜った麺から弾かれたスープが飛ぶ。いちいち拭くのが面倒でそのままにしていれば食べ終わる頃には乾き、膜のようになっていた。爪で引っ掻き、剥《は》ぎ取る。

「『名前のない墓標』、ね」

食べながら話したのは主に、私のグダグダ帰省譚《たん》。売店の品揃えの話も、病み上がりの母が一人でバームクーヘンを一本平らげた話もしたのに、食後のお冷で喉を鳴らした吉野さんが「名前のない墓標」に関してを掘り返してくれたことは、私や母を肯定されたようで嬉しかった。吉野さんも私に似ているのかも、とすら思えた。

「その場にもいない、映像すら浮かんでこない、そんな私たちが勝手に解釈するのは憚られるけど、彼らはそうする他ないんだろうね。だって、放っておくわけにはいかないでしょう？　それはすごく分かるし、分かるべきだとも思う。でも、その光景に名前を付けたのは記事を書いた人で、その言葉の響きだけが、思わず使ってしまいたくなるような、なんていうか、パンチライン？　みたいなものだけが独り歩きするのはよくないなって思う」

私は頷きながら、テーブルの下で親指のささくれを弄《いじ》る。血が出るギリギリ手前を狙う。

吉野さんが私を責めるつもりがないなんてこと、分かっている。この親指の痛みは、ただ言葉に惹かれた浅はかな私への戒め。似ているかも、なんて舞い上がった私の落下点。

「ほんとのほんとに、何にもできないんだなって思っちゃう。でも私、それを仕方ないって思ってる。恥ずかしいし、情けないけど」

吉野さんの声に隠れて、ささくれが破れる音がする。爪と肉の間に血が滲んで短く流れる。すぐに治まるのを分かっていながら、大袈裟に痛がる。でも、顔にも声にも出さない。誇張した痛みを、誰に気づかれることもない痛みを、私は一人で享受する。

「私たち、弱い、ですね」

両脇の雑踏が私の声を掻き消してしまいそう。こんなにもか細い声を出す私を、吉野さんは不自然に思うだろうか。

「すみません。せっかくお誘いいただいたのに湿っぽい話になってしまって」

「え、ごめん！　私こそ！　なんか真面目になっちゃったね。柄にもない、柄にもない。そうだね、んー、デザートと決め込む？」

吉野さんはスプーンかフォークを口に運ぶジェスチャーをして、片方の頬を膨らませた。正直、お腹はいっぱいだった。胃の底でニンニクの効いた味噌が波を打つ。

「散歩なんて、どうですか？」

言ってから、そんなくだらないことに付き合わせるべきではないかと思い至る。お子さんが家で待っているだろう。デザートならお土産にもなる。子供などいない私だが、子供がいる生活はきっと、自分の四肢に重く、甘く、絡み付いてくるのだろうと妄想した。吉野さんのスマホのケースに挟《はさ》まれたお子さんの写真が私の視界の全部になる。

「あ、川、見てみたい。そんなに汚いの？　ここからなら歩いて行けるし、車はここに置いていけばいいよ」

　吉野さんの優しさ、いや、そんなふうに言っては失礼かもしれない。底抜けの好奇心だと思う方が吉野さんへの優しさになる気がした。

「汚いですよ。びっくりすると思います。見たことないですか？」

「ないなー。いつも橋の上からしか。っていうか、車の中からしか見たことない。花火会場になるのは知ってるけど、行ったことないんだよね。私、地元はこの辺りじゃないんだ。結婚を機に引っ越して来たの。部外者なんだよ」

　私も同じようなものなのに、何故か得意になる。ふわりとした足取りで自然とお会計を済ませてくれる吉野さんを、優しいと思わずにはいられなかった。


　散歩に誘ったことに、理由を付ける必要がある。それだけを踏ん切りに父の話をした。

　梅雨の予感に裏打ちされた夜の湿った冷たさが橋の上を通り抜けては、また次が来る。分厚い雲の向こうに辛うじて月光を望むことができた。歩道に等間隔に並んだ街灯の光の分だけ切り取られた川面が、流れるとも留まるともなく、動いていた。

「私は父を呼ばなかったんです。私が馬鹿みたいな顔で寝ている間に、父は亡くなりました。一度目に電話に出ていれば、もしかすれば名前くらい呼べたかもしれないんです。そこには確かに父の死があったのに見過ごしたんです。のっぺらぼうの木札に、私はすぐに名前を書くことができたんです。なのに今だって、まだ向き合えていない。どこか他人ごとなんです。それは、悲しすぎて、とかではなくて、ただ、父とはあまり交流がなかったから……」

少し前を歩く吉野さんのロングスカートが夜気に吹かれ、夜気に溶けている。

「そっか。だからあの記事。ごめんね、何も知らずに」

「そんな、違うんです。私が、考えなさすぎ、なんです。あれもこれも仕方ないって、思ってしまってるんです」

「それは私が言ったことでしょう?」

振り返った吉野さんとは、目が合いそうで合わない。暗さのせいにしたかったが、互いの頭上には手堅く街灯の光が降っていた。

「あ、そこから降りられますよ。その大きい街灯の脇から」

吉野さんは少し立ち止まり、やけに古風で頭の大きい街灯に触れた。

「これ、ガス燈だ」

ん？　とだけ漏れる。狭めた気道から鼻に抜けるくぐもった空気にニンニクが香った。

「ガスで光ってるんだよ、これ」

「そうなんですか？」

「うん。この前ニュースでやってた。町のシンボルにしようとしてるみたいだよ。ずっと昔からここにあるんだって」

以前もこの街灯の脇を通って河川敷に降りたのに、全然違う場所に思えた。暗さだけではない。私の無知が河川敷に根を張って、背の低い湿った草を震わせようとしていると思われた。

「物知りですね」

「馬鹿にしてる？」

「してないです」

「馬鹿」

吉野さんはスマホの懐中電灯をつけて私の顔を照らした。真っ直ぐな光の先で、白い歯が一瞬顔を覗かせた。

「私は、頭が悪いので」

白い歯を脳裏で繰り返し見る。

「大卒でしょ？　私は大学、出てないのよ」

明かりが吉野さんの足元に移動し、細い足首が突然に伸びたように見えた。私も懐中電灯を起動して川縁へ歩く。茂った草に含まれる水分がスニーカーの裏から上がってくる。靴下が濡れるのではなく、素足が直接に濡れていくよう。匂いがくる。以前よりも強い気がするのは、空気に水が多く溶けているからだろうか。バイト先のバックヤードに置かれた灰皿も水が張られている時の方が匂う。

「暗くてよく見えないね。でも、うん。なんかどろどろしてる感じがする。あ、これ空き缶じゃん。泥に絡まってるのは？　うわ、本だ。それも、えっちなやつ」

「えっち」なんて響き久しぶりに聞いた。それが吉野さんの口から出たものだというのが驚きだった。母が言えば、これも医療用語に思えてしまうだろうか。

「吉野さんって、お若いですよね」

「なにそれ、歳の割に子供みたいって言いたいの？　いい歳してこんな本にはしゃいでるから？　酷い」

また、強い光を当てられる。眼球に青白い点ができ、なかなか消えない。それが歯のように見えなくもなかった。

「お子さんいらっしゃいますし、私よりもずっと、若い感性があるんだろうなって、そういうふうに思います。私、流行《はや》りとか全然知らないので」

なんだかいつも、お子さんを挟んで吉野さんと会話をしているなと思った。懐中電灯の向こうにはお子さんの写真がある。意識してしまうのは、その話題をなるたけ避けてきた反動だろうか。

「確かに五十嵐さんは、アイドルとかも全然知らないもんね」

「はい。アニメとかも、めっきりで」

「じゃあ」と言って吉野さんが挙げていくアニメのタイトルは知らないものばかりだった。知っていたとしても聞いたことがある程度で、主題歌を口ずさまれ、その曲ってアニメのものだったんですねと驚き、笑われた。

「ニュースとかも見ない？　というか、そもそもテレビを見ないのか。本当に若い子、は」

「あ、でも、野球のことは少し調べましたよ、あれから。今一番の流行りですし。知ってます？　カーブって遅いんですよ。フォークって下に落ちるんですよ。ホームランって、一点しか入らないんですよ」

やや間が空いて、「何言ってるの」と吉野さんは笑う。はっきりと嬉しかった。

「ホームラン、何点入ると思ってたの？」

「バスケみたいに三点とか」

「本気で言ってる？　じゃあ、ヒットは？」

「それが一点だと思っていただけです！　もう、知ってますから」

「馬鹿すぎる。っていうか、野球が話題だったのってもう三カ月くらい前のことじゃん」

「わざと、ですよ」

「あ、そっか。ごめん」

少しの沈黙の後、二人同時に吹き出した。スマホを川に落としそうになって二人で焦った。

水中を照らしてみる。光が水面で留まってうまく覗けない。岸から身を乗り出して光を近づける。まだ沈んだばかりに見えるサッカーボールを見つけた。

「こっちにはガラケーがあるよ」

宝探しのようですらあった。一時、私が吉野さんの子供であることを想像した。

「ぱしゃん」

水面を跳ねる音。おそらくは魚。こんな川で、こんな夜なのに、威勢のいいのがいるものだ。

「梅雨が明けたらさ、行こうね、ラフティング」

忘れられていると思っていたわけではないが、川を前に言われるとそれが現実味を帯びて感じられ、胸が高鳴った。

「是非。綺麗な川、見たいです」

そう言ってから、昼間のここも見せたいと思った。その方が吉野さんも、推しがやっていたから以上の意味を携えてあの黄色いボートに乗り込めるだろう。

それからしばらく、暗い川を眺めていた。慣れてしまったのか、汚れた匂いはもう鼻を捉えていない。

懐中電灯を消せば、目前にあるのはただの黒い塊《かたまり》だった。対岸の家々の暖かい橙色の明かりが実際よりもずっと近くに見える。眩しいはずはないのに、目を細めた。

私たちが歩いて来たのとは逆の方角から、低く重たい金属音が鳴る。線路が川を跨《また》ぎ、その上を白い光を放つ横長の箱が悠然《ゆうぜん》と動いていく。電車の窓から見る川は、どんなふうに見えるだろう。サラリーマンならば一日の疲れをこの黒に映し、自分はちっぽけだな、などと感傷に浸《ひた》るのだろうか。この汚れを、露ほども知らないままで。

「意外とまだこんな時間なんだね。もっと遅いかと思ってた」

ブルーライトを顔中に浴びた吉野さんの横顔が、暗い川に浮かんでいるように見えた。その脇を魚が跳ねる。

「今日はお子さんのご飯、どうされたんですか？」

「それ、聞いちゃう？」

顎《あご》の下から懐中電灯で顔を照らし、吉野さんは言う。黒いスカートではなく白いスカートだったならもっと恰好《かっこう》がついただろうと思うと面白かった。

「やめときます」

「それで結構」

吉野さんは言いながら、まだ懐中電灯を顔の下から向けていた。

ラーメン屋の駐車場に戻る道中、雲の切れ間から月が顔を出した。橋の中腹から見た月明りはその真下の水面から橋脚までの間を、くしゃくしゃにした銀紙を敷いたように照らし彩《いろど》った。

「月、綺麗だねぇ」

「告白ですか?」

「変なところ、博識だね」

「一般常識ですよ」

「ホームランが一点なことの方が、常識だよ」

法定速度を超えていそうな軽自動車が私たちのすぐ脇を走り抜け、赤信号の手前で急ブレーキをかけて止まった。後ろタイヤが浮いたように見え、どんな人が運転しているのだろうと橋を渡り終えたところにある横断歩道で運転席をそれとなく見れば、髪の長い綺麗な女性だった。吉野さんと顔を見合わせ、互いに苦い顔をつくった。

ラーメン屋に戻り着けば、閉店時間まではまだ時間があるはずなのに早くも電気が消えていて、これもコロナの影響かと、食べ始めた時に外したきりポケットに入れっぱなしになっていた不織布マスクを取り出した。

「今からするの?」

「遅いですよね。すみません」

「ううん。私もしてなかったし」

車の助手席のドアを開けて、吉野さんは「どうぞ」と私を促す。

「大丈夫ですよ。歩いて帰れます」

「遠慮しないで。どうせ、帰り道だから」

それはそうかもしれないが、自分の魚臭さが気になった。それに、ニンニクの匂いもあるかもしれない。

「そんな、悪いですよ」

言いながら、私の足は助手席に向かって踏み出し、感情を追い越した本心が身体を動かすのを嫌いながらも諦《あきら》め、簡単な感謝の言葉に委ねることにした。「ありがとうございます」

マスクをし、座る。体重の分だけ沈む椅子が心地よかった。

「マスクも、いいのに。あ、五十嵐さんが気になる?」

「気になるってほどじゃないですけど、母のことがあって、やっとコロナってものの存在を感じたというか……」

吉野さんのファミリーカーは重たいはずの車体をもろともせず、四本足でアスファルトを蹴《け》り進む。私はいつまで、年季の入り過ぎた軽自動車に身を任せるのだろう。

「知るってこと、やっぱり大事なのかもね。私はまだ、分かっていないかも。分からないまま、収束してしまいそう。仕事だってそれのせいで辞めさせられたのかもしれないのに。不謹慎だけど、一回かかってみたいとも思う。なんか、置いて行かれてる気がするんだよね。あ、これには納得も、同調もしなくていいからね。ごめんね」

吉野さんは、「知らないって弱い」、その言葉が私の身の内を席巻していっていることに気づいているのだろうか。気づいていて、言葉が一人歩きすることに警鐘《けいしょう》を鳴らしたのだとすれば、私はささくれをまた剥かなくてはいけない。弱さを確認するために。

赤いテールランプが目に沁み、街灯の光が線になって過ぎていく。月はまた隠れ、まだ早い夜が膜を張って伸びている。心を許しながら、自分は許されているのかを探る。アパートに着くのが惜しく、身勝手に信号を睨《にら》んだ。その眼つきのせいで散歩中の安らぐ会話が阻害されているのだとすれば悔しく、だが、互いに今日の別れを惜しむようにトーンを落としているのだとすれば、それで満足してしまうのも私だった。

「いえ、分かります。私もそんな気してました。今もたぶん、まだしてます。だから、自分がかかったわけじゃないから、今の今までマスクを忘れていたんだと思います」

ポケットで潰されていたマスクが、その幾重にも重なる折り目でもって私の顔の半分を傷つけていた。

＊

【濡れてもいい、汚れてもいい服、それからサンダルを用意してください。サンダルは、踵を覆えるものにしてください。ビーチサンダルみたいなものだと、すぐに脱げて危ないですから。それでは当日、お待ちしております】

吉野さんから転送されてきたメールを開いたままクローゼットを漁《あさ》り、適当なものを見繕う。夏場にパジャマとして使っている高校時代のジャージを手に取り、「五十嵐」の刺繍《ししゅう》を裁《た》ちばさみで取り除いた。

下着だけは丁度いい物が見当たらず、ファストファッション店へ買いに走った。汚れてもいい、最悪捨ててもいい、透けても恥ずかしくないもの。グレーの無地を選び帰宅して着けてみれば、その色気のなさに我ながら貧相な身体だなと、冷笑した。でも、セックスの予定があるわけでもない。真っ直ぐ一本の線になった臍《へそ》だけが綺麗に見えた。

梅雨明けはなかなか宣言されなかったが、気温は際限が見えず上昇し晴れの日も連続するものだから、私たちは痺《しび》れを切らした。

「もう行けるでしょ！」

バイトからの帰り道、額や背中に熱い汗を滑らせながら歩いていた橋の上で電話が鳴り、表示された名前を確認してから出てみれば吉野さんは開口一番、叫ぶようにして言った。鼓膜の揺れを自分で感じるほどだった。

「ですね！」

私は疎らな人の目を気にしつつ、吉野さんに習って声を張った。

陽光を照り返す眼下の川は、出店のビニールプールに晒《さら》されて緩く回る大きさだけが取り柄のダイヤモンドを散らしたように光り、品がない。けれど、この熱い身体をさぞ冷やしてくれるのだろうと嘲笑うように思った。汚れを知ってもなお、飛び込む自分を思い描けるほどには暑さが際立っていた。

電話口から聞こえる吉野さんの声は早口に段取りを語るにつれて熱を帯び、私は余計に冷えた水を欲した。そうして吉野さんから見せられた美しい川の情景を思い浮かべ、電話を切ってから、そのせせらぎを想像の範囲内ではあったが両手で耳を覆い再生した。

車が揺らす鉄橋の音が煩く響くがそれを掻き分け、やっと手を伸ばした先に水音があった。その正体が、この瞬間も私の下を流れる川のものなのか、それとも妄想なのか、はたまたもっと別の何かなのかは分からなかったが、ラフティングを経験した後ならばありありと摑むことができるだろうと、私は歩幅を広めた。これが一週間と少し前のことだ。

「私、晴れ女だから」

ハンドルを握る吉野さんはしきりに言う。二日前には梅雨を絞ったような静かな雨が一日中降り続き、明日はまた雨になるようだが少なくとも今日一日は晴れが続くらしい。

「山間部は天気が変わりやすいって言いますよ?」

「なんでそんなにネガティブなのかなぁ」

吉野さんは言葉と共に赤信号の手前で強くブレーキを踏み込んだが、私の軽自動車の危なげなブレーキの効きに比べれば随分と安全な止まり方に思えた。

バイパスを走り、駐車場ばかりがやけに広いホームセンターや電気屋が両脇に並ぶ二車線の国道を抜け、少し住宅街に入って川と水路の真ん中のような水の流れを逆上すれば、辺りは青々とした緑ばかりになった。

「あ、ほら、川!」

吉野さんの上気した声で、カーナビで蛇行する青色だけを見て、川があるな、と思っていた自分を恥じた。

油の浮いた額が付かないギリギリまで車窓に顔を近づければ、広い砂利場に並行して流れていく緑の川が見えた。所々白い飛沫《ひまつ》も上がっている。以前に見た画像と遜色《そんしょく》ないと思われた。

「緑に見えるのは、川岸に立ってる木の葉っぱの緑が反射してるからかな?」

「どうですかね」

「聞いてみればいいか、インストラクターの人に」

「ですね。あの、筋骨隆々《りゅうりゅう》の人に」

「すごい身体だよね。あそこまでいくと引いちゃう」

「分かります」

ホームページには、一日の終わりに撮られたのだろう集合写真が掲載されていた。そこに写るインストラクターは、普段の生活ではまずお目にかかることのない所謂《いわゆる》マッチョだった。それが何だか面白くて、私たちはその身体に有名人の顔をコラージュして送り合い、遊んでいたのだった。

「終わりには、この温泉の割引券がもらえるらしいよ。至れり尽くせりじゃない?」

視線で指された施設はこじんまりとした役所のような造りで、おそらくは名湯なんかではなく、地元の人しか来ないような場所だった。吉野さんの言う温泉とはともすれば、スーパー銭湯のことかもしれない。私も混合させて使うことがある。気持ち良ければそれでいいのだ。暖かければそれで。

「凍りますよ」

しばらく忘れていた男の声が耳たぶを撫《な》でた。家賃の支払いは変わらず生活の最も大きな出費として私を圧迫していたが、大家さんの思惑通りか、あれ以来滞納することはなかった。父の残したお金は遂に底を尽いたものの、大抵毎日シフトに入る回転寿司のお金と、最近は夜勤のスーパーでのバイトも始めたことで、苦しさはあれどなんとか生活は保たれている。数週間後には再就職の面接の予定も入れた。さすがにこのままではまずいと私を焚《た》きつけたのは、一万五千円もする今日の参加費だった。

「あ、看板。あそこ、ですかね」

手元の地図アプリと、フロントガラスの奥とを比べる。木立の真上からボンネットを刺す陽が目を焼いた。夏はすぐそこにある。


事務所兼ゲストハウスになっているというウッドハウス調の二階建ての建物のリビングで契約書を書いている間、病院の受付でのことを思い出した。ここで書かされているものは、より怪我《けが》に、ひいては死に近い。

【自然を相手にするために、危険は隣り合わせです。そのことをご理解し、最悪の事態が起きた場合、自己責任となることを承諾しますか】【はい】

病院で書いたものは、誰のためのものだったのだろう。謝罪に限らず、あの場にいた誰も、誰のことも見ていなかったのではないだろうか。

私の存在をこの契約書が握っている。地獄の閻魔《えんま》様も手には紙を持っていた気がする。処罰を決める、残酷な契約書を。

「あ、眼鏡ですね。コンタクトはお持ちですか？　あ、ない？　それではこちら、お使いください」

代表だという浅黒く日焼けしたひょろ長い男から手渡されたのは、頭の後ろを通して眼鏡を止めるバンド。眼鏡で水の中に入るなど考えてもみれば無謀なことだったはずなのに、今の今まで思いつきもしなかった。自分の考えの及ばなさが厚底のスポーツサンダルを履いた素足からひしと上がり、長くては邪魔だろうと、そちらは今日のために切った髪までを浸す。

バイト先よりも一畳は広い更衣室で着替えを済ませ、川を目指す。身体にぴたりと張りついた分厚いウェットスーツが動きを制限するせいで、自然とがに股歩きになった。

土手で隠れているためにすぐには川が見えなかったが、水の流れがすぐ傍にあるのを音で感じた。水底を撫でるようなせせらぎの音ではない。水が水を叩き、また岩にぶつかるような音。幾分かの恐怖が迫る。

「興奮してきた！」

吉野さんは、契約書の記入の後で渡された鮮やかな赤のライフジャケットと、青いヘルメットをすでに着用している。恐怖よりも好奇心で胸を満たそうと思えたのは、ヘルメットの穴から吉野さんの黒い髪がひょっこりと顔を出しているのを見つけた時だった。

土手の斜面を降りている間、すでに川面は見えていたが感想は抱かないようにした。近くで見なければ分からない。

両の脚を揃えて川縁に立ち、一度日差しの強さに手をかざしてから、意を決したように真正面に川を見た。

まず、土の匂いがした。それから葉っぱの匂い。その後でごく薄い魚の匂い。洗い場やゴミ箱を開けた時に匂うものではなく、店長が切るサーモンから、もしくは自分の手元にある軍艦から発せられる新鮮さのある匂い。淡水と海水では違うのかもしれないが、今は余計な詮索に思えた。

川の水は抵抗なく光を呼び込み、透過し、車窓から見えたのと同じ緑、濃い青、薄い青、それから透明と、場所ごとに色を変え滔々《とうとう》と流れている。

笹の葉が一枚流れて来るのを目で追っていると、河辺の田舎町で一人佇《たたず》み誰かの帰りを待っている、そんなあるはずもない記憶が脳内を滑らかに過ぎていった。

生活排水の濃い緑と、この川の緑の違いを考える。同じ緑でも濁り方が違う。あちらは固形物のような緑。仕方なしに緑に染まり、変わることが許されていないような色彩。

こちらはあくまで流れの中で緑を獲得し、いつでも他の色になれるけれど、あえて緑を選んでいるような予感。

岩のせいか地形のせいか、波が急激に落ち込み、すぐその後で高く持ち上がった場所からは恐怖を向けられたが、装着したほんのり生乾きの匂いのするライフジャケットのベルトを締め直すことで持ち堪えた。

河原にゴミはないでもないが、それは不自然な人工物ではなく木の枝や葉っぱがほとんどで、人工物だとしても、小さなビニール片や新聞を縛る時なんかに使う紐《ひも》といった、落ちていても不思議ではない物だけ。辺りを歩くインストラクターはそれらを拾い上げ、腰から下げたビニール袋に入れていく。インストラクターは惜しげもなく晒した裸体の上から直接ライフジャケットを着けていた。飴の袋が落ちているのに気づき、拾い上げ彼に渡せば大袈裟に感謝された。私も受付でもらった、非常用の飴のものだった。小学校で行ったスキー教室でもそれを非常用として渡されたことを思い出し、私がこれから行うものの類《たぐい》を再確認した。

「雨がなかったらもっと綺麗なんですけどね。夏にまた来てください」

河原での簡単な準備運動と講習の後、インストラクターは言った。

今以上の綺麗さがあるのか、という思いも当然抱いたが、それより先に、とんだ自信家だなと、その見せつけるような二の腕から目を逸らし思った。有名人の顔をはめていたから楽しかっただけで、いざ目の前にあると、それもこれほど黒光りさせられると、男という生物をまざまざと見るようで居たたまれない。

楽しいと思えるかなど、まだ分からない。危険な思いもするかもしれない。それなのにこの男は、初めから楽しんでもらえると、また来たいと思ってもらえると、手放しに信じているのだ。経験則によるものか、単なる楽観か。

「言い訳かな? 楽しくなかった時のための」

吉野さんが耳打ちする。小さく肩をすくませ、飛び出た髪を揺らしながら私を見るその姿に、危うく失いかけた好奇心を慌てて拾い集めた。

「あ、そっちもありましたね」

「そっちって?」

「いや、気にしないでください。これで綺麗じゃないって、驚きですね」

「ね。いつものあの川、もう見れなくなるんじゃない?」

私は笑ったが、それは困るなと思った。橋の上からであれば、遠目で見る輪郭だけであれば、あの川だって悪くはないのだ。

参加者は私たちの他に二組。私と同年代ほどに見えるカップルと、子供を連れた三人家族。

父親も母親も年のころが読めない。日焼けし、まさにアウトドア派という感じがした。肌艶《つや》がよく、しかし、髪に張りはあまり見受けられない。サーファーなんかはこんな風貌だったろうか。

子供は、吉野さんのスマートフォンに挟まれた下の子と同じくらいに見えた。講習中にはずっと、河原の石を振りかぶって川に投げ入れていた。跳ねさせるように投げるやり方の方が楽しいだろうにと、曖昧な幼少期の記憶を重ねた。私の両親はアウトドアからは程遠く、休みの日には本を読むか、買いもしない家具を見に行くかだったなと、これまで一度も思い出すことのなかった過去を真ん丸の石を掌で弄《もてあそ》びながら懐かしんだ。

まさか水切りをしているとは思われない程度の横手投げで川に真ん丸の石を投げ入れれば、飛沫を上げることもなくただ軽い音だけを映像に残して沈んだ。少年のそれと遜色なかった。私はその後で、誰にも見られていないことを執拗に探った。

「では、行きましょー」

インストラクターはそれぞれの参加者グループに一人ずつ付いた。私たちに付いたのは例のマッチョ。他の二名も筋肉はあったが彼ほどではなく、この場での彼はマッチョの名を欲しいままにしていた。

艇体の半分が陸に乗り上げたままのボートに、吉野さんと横並びで乗艇する。小学校低学年か、もしくは入学前か、古い遊園地の未熟なジェットコースターに母と並んで乗ったことを思い出した。父はあの時、どうしていたのだったか。母と二人、地上に向かって手を振る客観的な姿も記憶にあるから、父はきっとカメラを構えていた。本当は父も乗りたかったのではないかと、今にも途切れそうな記憶の中で根拠もなしに思った。

マッチョから手渡された水をかいて進むためのパドルは、持ち手が青で、水に沈ませ実際に動力となる広がった先端部分は黄。ライフジャケットといい、ヘルメットといい、せっかく自然な色彩の中にいるというのに私たちはあまりに過激な配色だなと、しかし、マッチョに色彩感覚を期待するのは無理難題かもしれないと、込み上げたおかしさを咳払いで誤魔化した。

マッチョがパドルで砂利を押す。艇底が擦れる低い音をお尻で感じた後で、浮遊感が臓器を満たした。道中で飲んだルイボスティーが胃の上で踊る。

「せーの」

煩いほどのマッチョの掛け声で、水に沈ませたパドルを引く。パドルの重さではなく、水の重さが頼りない上腕に染みて熱を持った。振り返れば、ボートの後ろに腰かけたマッチョは明るい顔を張りつけたままで、大した動力を生み出せはしない私たちに、これが仕事ですから、とでも言いたげに私の太腿ほどはあろうかと思われる両腕を力強く動かしていた。黒光りする筋肉が水を得た魚のように尾ひれを震わせる。

ジャージから伸びる、ウェットスーツの張りついた太腿。さすがにこれの方が太いか。痩せようとは思わず、しかし、太りたくもない。太る原因は見つからない。暴飲暴食はブルジョワの悩みで、怒りの対象でもある。私は日焼けを気にしつつ、でも、どうせ濡れるのだからと日焼け止めは顔だけに、それも可能な限り薄く伸ばし、それで安心できる程度の女をわけもなく手放すまいとしている。蚊かアブに刺されて赤くなったウェットスーツに隠れない足首の一点が、やけに官能的だった。

「この辺りで少し、水に慣れようか」

そう声がしてすぐ、マッチョがパドルで舞い上げた水が上半身を濡らした。

「冷たい！」

「はは、外は暖かくても、水は冷たいですからね。でも、すぐに慣れますよ」

本当に慣れるか？　と疑ったが、二度目の水を被った時にはすでにそれほど冷たさを感じなかった。

「どうします？　もう水の中、入りますか？　それとも、もう少し身体を動かしてからにしますか？」

聞かれても困る。それに、水の中に入るのは運悪く落ちた時だけだと思っていた。でも、これだけ綺麗な水で、汚れてもいい下着でいるのだ、問題ないか。

「私、いこうかな」

吉野さんは言いながら、もう両足をボートの縁から投げ出し水に遊ばせている。サンダルに水が入るからか持ち上げるには意外に力がいるようで、足湯や海辺ではしゃぐような軽やかさはなかった。

「いってみてください」

「五十嵐さんもよ！」

「え？」

視界が揺らいだ。お尻が浮いたと思えば、何も見えなくなった。自分の四肢《しし》の、意識の、所在を見失った。吉野さんと二人、マッチョに突き落とされたのだと理解したのは浮上しきってからだった。水中に沈んでいたのは一瞬のことだったはずなのに、顔だけを水面から出し、水滴にまみれた眼鏡を手の甲で急いで拭いて見たマッチョの顔は随分と久しぶりに見たもののように感じられた。

「やめてくださいよ！」

吉野さんの叫びが耳のすぐ脇で轟《とどろ》いたが、不思議と煩いとは思わない。耳の中にはまだ水音がいっぱいに広がっていた。

自分の力ではなくライフジャケットによって浮かされている感覚は、初めて味わったものだった。強さでも、弱さでもない、誰かの力によって生かされているのだという実感。そういう日々を当たり前に過ごしてきたはずなのに。

「ごめん、ごめん。でも、気持ちいいでしょう？」

早くもため口になったマッチョは、私たちを見下ろしながら言って自分もボートから飛び降りる。平泳ぎで進み、私たちのライフジャケットの肩紐と、ヘルメットの顎紐をきつく締め直した。

木立から降る日光が、やはりと言うべきか、日焼け止めが脆《もろ》く流れた頬を焼く。露天風呂のようだと、温度の上下が逆だが思った。もっとも私は、男と一緒に入る風呂を知らないが。いや、教室ではそうだったか。

「他のボートに置いていかれちゃうね」

マッチョは機敏にボートに上がり、私たちへ手を伸ばす。掌が大きく、節と血管の立った男の手。

股をこれでもかと開いたあられもない恰好でボートによじ登りながら、すぐ目の前には川の流れがあるのにボートが一点に留まっているのを不思議に思った。あとから聞けば、反転流だという。上流から下流に流れる水が大岩の裏や岸に近い場所では渦のように巻き込み、流れは留まったままになるらしい。

「漕《こ》ぐよー」

三人で流れを進む。川の流れはそれほど早いように見えなかったが、波は立たずとも滑らかに動いているのだろう、ボートは速度を増していく。しかし、それにも限界はあり、速さの天井を感じれば自分の非力さを思わされた。

「あそこに入るよ。パドルは抜いて、ボートの中に体育座りして!」

パドルで指された先は、画像や車中で見た白い飛沫の上がる場所のはず。確信を持てないのは、すぐ先に迫る波の大きさが、音が、そして漕いでいないのに上がっていく速度が自分の範疇《はんちゅう》を大股で超えていくからだった。

「いえーーーい」

マッチョの愉快な声が後方から飛ぶ。私のお尻も浮くのではなく、飛ぶ。浮遊感は出艇した時の比ではなく、また記憶の中のジェットコースターもかくや。比喩ではなく、本当に宙を舞っている。

水を被る。視界が消える。水から飛び出す。太陽が刺さる。揺れはなかなか収まらず、次にいつ波が来るのかと身構えるうちに次が来る。今度は比較的穏やかな波だが、速さが違う。川中に腰を据えた二つの大岩の間を、猛スピードで抜ける。その後、例の反転流によって岸に着く。急ブレーキ。

それらは刹那のことで、下り降りている間は何も考えられなかった。大きな葉の揺れる広葉樹の下で手の甲を刺そうとする虻《あぶ》を払い除《の》けながら、必死でたった今の記憶を辿った。

事象を並べ立てていくことはこの先もいくつかあるという「瀬」に対する防衛本能のようでもあるし、興奮状態を脱しようとする試みのためでもある。

「五十嵐さん、めっちゃ叫んでたね。今もまだ笑ってるし」

「え、ほんとですか？　全然、意識してなかったです」

吉野さんに指摘されて初めて、上がった口角と皺を寄せた目尻を自覚する。眼鏡レンズの中心に張りついた鮮やかな緑の藻に気づいたのも、それからだった。


穏やかな流れに身を任せて漂い、ときにボートの上で仰向けになって目を閉じ、「瞼《まぶた》が明るい！」なんて当然のことに感嘆し、また他の参加者と水の掛け合いをしながら「瀬」では生を実感する。時計を持たない私は時間の進みが曖昧になったが、おそらくは体感よりもずっと早く進んでいるのだろうと想像した。

自分たちの乗るボートより細身で小柄な、どこかで、あぁ、あの川で見たボートを対岸の反転流の中に見つけたのは、一際《ひときわ》大きな「瀬」を超え、マッチョとハイタッチを交わした時だった。ライフジャケットの隙間から見える化繊のTシャツにも覚えがある。

「大学生だね。部活だよ。レースラフティングっていって、川を降る速さを競うスポーツ」

マッチョがする説明口調は、彼の様相とは似つかず私を変な笑いに誘ったが、これはさすがに失礼かと、小さく吉野さんに睨まれ思った。ちゃんと聞きなよ、そう言われた気がした。

彼らは、この川を、この綺麗さを知っていた。危うく敗北を喫するところだった。ここに来れて本当によかった。

この勝負ドロー、などと高揚した心持ちのまま呑気に思い、自分でも驚くほど陽気に彼らへパドルを振った。振り返されたパドルの左右の振れ幅は私のものよりも大きく、大粒の水滴は宙に撒かれた傍から日光を零れさせまいと慌ただしく、そして健やかに光り、充分に回り道をしてから川に還っていく。

「いい子たちだねぇ」

「彼らは、ここ以外にもいろんな川で練習して、大会に出るんだよ。競技人口が少ないから、初めから全国大会なんだけどね」

彼らは真っ直ぐに伸ばした腕と背筋を前後させ、水をかくというよりは押しのけ、進む。彼らの周りだけ流れが増したようだった。

「私、彼らのこと近所の川で見たことがあります」

「あぁ、五十嵐さんが見たのって、彼らのことか。でも、もしかしたら川以外でも見てるかもね。ほら、回転寿司に来たことだってあるだろうし」

吉野さんに言われ、彼らは生活排水となって流れていく回転寿司の残骸を知らないだろうことを再び思う。無意味な競争心と優越感に襲われながら、そんな自分を下卑《げび》し恥じた。

「彼らが何者か、知れてよかったね。また一歩前進」

吉野さんは川を降っていく彼らの背中にパドルを振って言う。

「知らないって弱い」その言葉が二人の間で太い糸を引いているのを見るようで、私は何より、吉野さんを知りたいと思った。

三人家族の子供の嬉々とした声が水音を揺らし、私たちの頬すら震わせる。私は降り切るまで、手指の付け根の皮が捲れていることさえ見て見ぬふりをして、パドルを動かし続けた。

プールで泳いだ後と似た疲労を陽に焼けて熱を持った顔中で意識したのは、川から上がり、参加者とインストラクターとで談笑を始めた頃だった。

ここから先は流れが急で、また岩も多く、アクティビティには向かないのだという。

確かに目の前にある流れは荒々しく、大小の波がいくつも立ち上がっていた。けれど、そういう場所こそ楽しいのではないかとも思う。湧き上がるアドレナリンを実感し、熱を持った顔が日焼けによるのか、単なる高揚によるのか、紛らわしかった。日差しを仰ぎ、少々大袈裟に達成感を演じてみる。

「五十嵐さん、まだ興奮してるでしょ」

そう吉野さんに言われ、今度は赤面で顔が熱くなった。

河原に日陰はなく、私は大小さまざまな石にお尻を責め立てられながら、仁王立ちするマッチョの陰に収まった。水を含み重さを増したライフジャケットを脱げば、肩や腰に開放感が渡る。ウェットスーツもすぐに脱いでしまいたかったが、さすがに下着姿になるわけにもいかず、諦めた。

少し離れた位置には大学生たちもいて、腕組をし、何やら輪になって話していたがその内容は聞き取れなかった。ミーティングなんかだろう。真面目なんだなと、感心ではなく定型文としてのみ漂わせた。

「川の色って、なんで場所によって違うんですか?」

吉野さんが思い出したようにマッチョに訊《たず》ねる。これだけ命を預けた相手だというのに私はまだ、マッチョにそれを聞いてもうまく答えられないのではないかと疑っているのだった。

「良い質問！　それは川の中に散乱して戻って来る光の波長によるんだけど、不純物が多く溶けていると散乱も多くて、濃くて濁った緑や悪い時には茶色に見えるし、逆に不純物が少ないと透明に近くなる。浅瀬なんかは特に。コップの水が透明なのはこれだね。水深が深くて不純物が少ないと、今度は鮮やかな緑に見えたりする。で、不純物も少なくて、さらに流れが早かったり、急峻《きゅうりょう》な地形だと、藻や微生物が繁殖しにくくて、青く見える。ほら、あそこなんてそう。海が青く見えるのはこれに近いかな。難しいけど、綺麗な川であればあるほど、鮮やかな緑や青に見えるってわけ」

「へぇ」

　私を含めた参加者は一様に息だけを漏らし、頷いて見せる。

「お詳しいんですね」

　家族連れの母親が関心して言う。母親の背中に体重を預けた子供はまだ遊び足りないのか、ライフジャケットもヘルメットも脱がないままで、口をすぼめた不服そうな表情で小石を蹴っていた。

「一応仕事にしてますし、大学では地質学を専攻していました。こんな見た目してますが」

大きく開いた口で自分を落とすマッチョに、私はいとも簡単に知的さを感じつつある。思えば、レースラフティングに励む大学生の学校は確か国立だったはずで、ともすれば、マッチョも同じ大学の出身なのかもしれない。この仕事に就くには何かしらの経験や、それ以上に、まずはラフティングに出会う、その機会が必要なのだ。本当に身も蓋《ふた》もない。マッチョイコール脳筋など。

吉野さんに肘でつつかれる。すみません。吉野さんには何でもお見通しなのか、それとも、私が分かりやすいのか。

「吉野さんって私のこと、もう何でも……え？」

私の声が届いていないのを、川に向かって駆け出し、遠くなっていく背中に思う。

「吉野さん？」

「カケル！」

吉野さんの声が対岸に林立する杉の木にぶつかり、跳ね返る。一羽、名前の分からない鳥が小振りな羽をばたつかせて飛んで行った。

「え、タカヒロ?」

　母親の声は足元に転がり、寄り道し、私のつま先にこつんと当たる。

　声の先で、青と赤の丸が浮かび、沈み、その後で小さな飛沫が細かく上がる。水面を叩く両の腕を確認してから、私は立ち上がる。

「カケル!」

　吉野さんは浅瀬まで踏み入り、両手足を浸し四つん這《ば》いになって、それから右手を真っ直ぐに伸ばす。流される鮮やかな色彩は、その右手を嘲笑うように距離をつくる。離れた位置から見ているからだろうか、吉野さんの右手はどんな木の枝よりもぴんと張って見えた。大学生の腕よりもずっと真っ直ぐだった。アニメのキャラクターよろしく、そのままぐんと伸びてもおかしくはないと思えた。

「危ない!　離れて!」

「カケル!」

　遅れて飛び出したマッチョは肩にかけていたライフジャケットを着直し、吉野さんに向かって駆けて行く。四つん這いを解いた吉野さんは、ライフジャケットもヘルメットも身に着けていないというのに川に踏み入り、もう腰までが水の中にあった。

さらに遅れて、母親も子供に向かって行く。走らず、また足取りがおぼろげなのは恐怖からだろうか。私はすくんだ自身の足を見下ろす。誰よりも未熟で情けない。身体だけを前に倒し、反射でやっと踏み出した足を痛めつけるよう、でたらめに走った。この時初めて、サンダルの踵が役に立った。

「カケル！」

「タカヒロ！」

目前で起きる窮地《きゅうち》の光景を、叫ばれる名前の齟齬《そご》がより混沌とさせる。

「タカヒロ！」

ほとんど泣くように呼ぶ母親の声の方が私に近いはずなのに、吉野さんの声の方こそを私は近くに感じた。川の音は不思議と遠くにあった。

「駄目です！　下がって！」

両手を伸ばし、届くはずもないのに川中を進み、よろめき、危うく自身も流されそうになった吉野さんの首元をマッチョが摑み、川から引きずり出した。それでもなお川に向かおうとする吉野さんを、マッチョが後ろに引く。投げ飛ばしたように見えた。吉野さんは体勢を崩し、脇腹を河原のつるりとした岩にぶつけたが、反発するボールのようにすぐに上体を起こした。

「カケル！」

こんな時のためにカラフルな色彩の装備を身に着けさせられていたのだと、妙に冷静になる。私にはもう何もできないという諦念か、それとも、目を逸らしているのか。毒のある蛙《かえる》のような小さくて丸い身体が川の中を出入りする。

私は流されていく「カケルくん」か「タカヒロくん」を横目で追い、その残像を消すまいとしながら吉野さんに駆け寄った。私にできるのは子供の救出ではない。その判断は早く、明確で、誰に責められるものではない。ないけれど、無力であることに違いはなかった。

「大丈夫ですか？」

その言葉を掛けるべきは、吉野さんではないなとも思う。

「カケルが！」

「吉野さん、落ち着いてください」

落ち着けるわけもない。落ち着き払おうとしている私こそが異端なのだった。

マッチョを含めた三人のインストラクターは、空気をもう半分ほどは抜いてしまった弱々しくひしゃげたボートに乗り込み、先ほどは見せなかったあの大学生のような漕ぎ方でもって子供に向かって行く。祈るように川を見る吉野さんの目に、耳に、私は認識すらされていないと思われた。

「手伝います！」

ヘルメットを被った四つの頭に一艇のボートを乗せ、大学生が河原を走る。彼らの頭上で跳ねるボートの躍動が頼もしかった。ボートを手で持ち走っていたインストラクターたちよりもずっと素早い動き。慣れている。

艇底の四隅に配置された大学生はタイミングを合わせてボートの下から抜け出すと、すぐさま流される子供に向かって進んで行く。微塵《みじん》も無駄な動きがないように見えた。

もたつき、すんでのところで子供を見送ってしまったインストラクターは上流側から、大学生は下流側から子供を挟み込むように進む。流れに逆らって漕ぎ上がる大学生の苦心の、いや必死の表情が飛沫を上げるパドルの隙間から見える。

川は表情を変えない。当たり前に流れ、渦を巻き、日差しを無防備に受け入れ、自然の一部のままでいる。インストラクターを、大学生を、吉野さんを、そして子供を嘲笑うように流し、沈めていくなど身勝手な転嫁《てんか》に他ならない。

子供の顔が辛うじて見える。開けた口には当然無遠慮に水が入り、それは吐き出されないまま小さな身体に溜められる。片手が突き出され、水がそれを隠す。岩にぶつかり、身体の上下が入れ替わる。足から流れていたのが頭からになる。また別の岩にぶつかり、今度は表裏が逆になる。背中が浮き上がる。そして沈む。中々浮き上がって来ない。永遠にも感じられる時間の終わりを切望し、やっとのことで浮き上がって来れば、また水が子供を押し流す。ばたつく両手が川面を叩き、その音は川に消される。繰り返されているのではない。ただ川は流れているだけなのだ。その事実がどこまでも恐ろしく、憎らしい。

美しく、穏やかで、「瀬」で見せる荒々しさもあくまで遊戯、所詮はいたずらに過ぎなかった。私たちをあらゆる手段で癒したそれが、今目の前にあるものと同じには思えなくとも、どうしようもなく同じなのだ。覆ることはない。許されない。それでも違うと、表情を変えてしまったと、そう思うことでしか私たちは救われない。それにしか縋《すが》れない。

反転流に入りさえすれば助かるのかもしれない。けれど、そんな余裕が子供に、いや、流される者にあるはずもない。インストラクターも、大学生も必死だった。子供はそれ以上に必死だった。三者の距離は確実に縮まっている。手を伸ばせば届きそうな距離にいる。子供はそれに気づけない。気づいていても、手を伸ばせない。

時間にすれば、ほんの数分のことだった。

子供を抱き上げたのはインストラクターだった。面目が保たれた、そんな気がして、どこまでも他人ごとのままでいる自分に驚く。しかし、空気が抜けてひしゃげたボートは無残にも萎《しぼ》み続けているために子供は大学生に預けられた。子供の咳き込む声が水音や歓声を蹴飛ばし届く。私も声を上げていた。ありきたりな声だった。

「よかった」

撫でるような声で言った吉野さんは、私の肩の上で息をした。

吉野さんは、いや私も数十分前と同じように、この川を見ることは叶わない。それは確信でもあるし、そうあるべきだという決めつけでもある。川の表裏をまざまざと見、なおも表のみを享楽《きょうらく》するなど、そこまで私は落ちぶれていない。

私は裏側を知らなかったわけではないし、講習時には「川を甘く見ないでください」と、覚えている限り三度は言われた。それに、あの契約書。文面に染みた警鐘を聞き逃したわけでもない。自己責任、それが子供でさえ背負わされるものであるかは疑問だが、少なくとも私は背負う気でいた。

ならばなぜ、これほどの傷心。子供は助かったのだ。それだけを特出するのは違うにしても。

吉野さんの決死に当てられたか、それとも吉野さんのように動けなかった自分に嫌気が刺したか。どれも違うだろうと、事務所の外から聞こえる大学生らの明るい声で思う。変わらない日常が、そこにはあるようだった。彼らは、やはり慣れているのだろうか。

「吉野さん、帰りは私が運転しますよ」

事務所の木製のテーブルで私と向かい合って座る吉野さんは、代表が大鍋で作ったというオニオンスープを両手で包み、何も言わず首だけを横に振った。濡れた髪が西日に当てられ、艶々とうねる。

助け出され、大学生の手によって岸に上げられた子供は、その手からすり抜け母親に抱きつくなり手酷く泣いたが、父親からのあくまでも穏やかな口調の叱責を受けるなり、怖くなんてなかった！　と、なけなしの反抗を見せた。その幼さはそのまま愛らしさに変わり、参加者は安堵《あんど》で落ちる肩の強張りに、今度は疲弊を乗せて苦笑いした。

多少水を飲んでしまったようだが大事には至らず、念のために呼んだ救急車のサイレンも随分と穏やかに木立へ吸い込まれていった。

「あの車は私の全部だから」

冷えも暑さもない空気に滲む細い声とは裏腹に、硬く握られた拳《こぶし》には怒気があった。その言葉と、「カケル」と呼んだその姿を思えば、握られた拳の正体に気づかないでもない。吉野さんとの間に挟んでいた二人のお子さんの像が曖昧になる。

私は、吉野さんが言葉を続けるのを辛抱して待った。私は吉野さんを知らない。ならば知りたいと思うのと同時に、知ってしまえば私たちの関係は脆く崩れるのではないかとも感じられた。それでも待った。すっかり冷えたオニオンスープは味が薄く、オニオンは硬かった。

「こっちがカケル」

吉野さんは決心したように拳を解き、スマホのケースを指差す。待たせてごめんね、表情が私に伝える。全然です、と私も一文字に結んだ口元だけで答える。喉の入り口の肉が乾いて張りつき、軋んだ。オニオンの水気などとうにない。

「こっちはマサト」

歳の差は二つか三つだろう。肩を組んでピースする写真の中で、マサトくんの方が頭一つ分大きかった。

「二人には、しばらく会えていないの」

その口ぶりから存命ではありそうなことを察し、少しだけ私の何かがほぐれた。それを吉野さんに察せられるわけにはいかないが、吉野さんのことだ、すでにお見通しかもしれない。

「何が悪かったのか、分からない。ううん、そもそも具体的な何かはなかったのかもしれない。何もなくても離れていくことの、でも必然としてある何か、それを五十嵐さんなら分かると思う。お父様やお母様のことを聞いて、そう思った。私と夫の間にもその何かがあって、浮気なのか、価値観の差なんて曖昧なものか、私や夫の何気ない言動か、それとも、考えたくはないけど、子供たちか、とにかく分からない。初めは燻るだけだった火がね、大きくなって、きっとカーテンか何かを伝って天井まで広がって、気がつけば手がつけられなくなった。取り返しがつかなくなった。大火で隔たれた先で子供たちを守れたのは、力量のある夫。財力はもちろん、法学部卒だったからかな、知識でも。まぁ、今では夫でもないけど。私には車だけが残った。夫には夫の車があったから。それも、車検を毎回ギリギリで通るような旧車。趣味だったの、夫の。それを責めたのも、一度や二度じゃない。子供たちをもっと安全な車に乗せてあげてよって、趣味に走る時間やお金があるなら他のものに、子供たちに使えないのって。あぁ、そうね。これだって、何か、の一つだったかも。上げればキリがないの。でも、何もない気もするの。私はその何かを、その正体を知りたい。一生をかけても分からないのだとしても……」

返す言葉を探しながら、それは私の引き出しにはないように思う。なのに引き出し、戻し、また引き出し、ないと分かっていても探してしまうのは自分のためか、吉野さんのためか。いつか抱いた同族意識に卑しくも花が咲く。決して綺麗ではない、咲いた傍から萎み、種すら落とさず枯れていくような、濁った色の花が。

「そんな状態だったから、きっと仕事も適当になっていたのね。自分では気づけなかったけど。だから、私が仕事を辞めさせられたのは当然だって、今ではそう思ってる。辞めたくない！　そう言って食い下がれるほど、思い入れもなかったし」

元夫からお金だけはきちんと入金されるしね、困らないの。付け加えて空っぽに笑う吉野さんへ、

「それは、分かります」

と、被せた。「それは、」がどの言葉に掛かっているか、吉野さんに伝わるだろうか。

でも、吉野さんはそもそも私の言葉を聞いていないと、まして待っているわけもないと、俯《うつむ》いて話し続ける睫毛の震えで思う。その震えを、じっと見る。あまりに見過ぎて、自分のものと境がつかなくなった。足の長い木製のダイニングテーブルの上でいくつも広がる黒い染みは、誰のものだろう。

「でも、私は……」

吉野さんは俯いたままさらに顔を深く屈める。また力が込められ始めた拳は、先ほどよりも強固に見えた。

「名前だけは、最後まで叫ぶから」

外側は震えているが、芯は硬く尖った言葉。これは吉野さんの本心ではあっても、伝えたい言葉ではないのだと思った。吉野さんは、優しいから。勢いよく飛び出したものの後悔が滲んで減速した言葉尻は、私を甘く包む。他の誰でもない、吉野さんから出た言葉。

「カケル！」

脳内で反響する。焦りも、悲しみも、喜びも、安堵も、放心もタカヒロくんのためではない。カケルくんに、ひいては自分に向けた銃口の引き金を引くような感情。その是非を私は分からないし、分からなくてもいい。川の音に紛れず、木立を鼓舞《こぶ》し、私たちを割いた叫び。それは想起する必要などなく、目前で屹立《きつりつ》する。

吉野さんのことを、やっと少しだけ知れた気がした。感情も、事象も、知って初めて自分のものにできるのだと思った。流れていく多くを、取り零してはいけないとも。誰かの感動も、浮遊する謝罪も、自分のものにできて初めて意味を得る。

そして、何も知らなかった私は吉野さんを傷つけ続けていた。何度吉野さんを前に、子供の話をしたかしれない。避けられていたはずがない。むしろ、避けることで強調されもする。短所ばかりが目立つのと同じように。私はあまりに弱かった。

「私、加奈子っていいます」

間違った返しだとは、不思議と思わなかった。私も浮かんだ言葉で話したい。私の全部で話したい。酸《す》いも甘いも。

「私が運転するからね」

「はい。よろしくお願いします」

知るって、なんだと思いますか。自分のものにするって、どういうことだと思いますか。子供を持たない私は、吉野さんの全部を知るなんてできないんですか。

太腿の下に手を入れて、何も言わずに助手席に身を沈めた。コンビニのビニール袋に詰めて足元に置いた汚れた下着は、生理の時用にしようと決めた。小さくかかったラジオは、途切れ途切れだった。それを二人とも、止めようとはしなかった。温泉はそのまま通り過ぎた。暑さも寒さも、汚れさえも感じなかった。吉野さんも同じだと思えた。

「また、会ってくれる?」

「もちろんです」

それから吉野さんは、私を「加奈子」と呼んだ。

*

次に母から掛かってきた電話には、一度目で出ると決めていた。

ラフティングから帰宅しシャワーを浴びれば、頭皮からはいつまでも細かな砂が落ちてきた。私は激しく爪を立て、惜しみなくリンスインシャンプーのボトルを押した。一粒残らず流さなくてはと。それは私の意地だった。暗い視界にはずっと、カラフルな丸が浮かんでいた。

シャワーの当たった脛に染みる痛さを感じ、お風呂では裸眼でいるために身を屈めて確認すれば、不気味なほど白い肌に横一線、切り傷ができていた。薄い線に淡い赤が滲んでいる。着替えの後で、草か何かで切っただろうか。意識すると途端に痛んだ。何故今になって気づいたのかを考え、あぁ、私は安心したんだと思った。流されていく子供を瞼の裏で再生できるほどに。その時に、母からの次の電話にはすぐに出ようと決めた。その程度の決心かと言われればそれまでかも知らず、しかし、できることは確実にやらなくてはならないと、数時間前の出来事に重ねた。

母から電話があったのは、それから一週間ほどが経った、ベットのシーツを冷感のものに替え、パジャマに半ズボンを選んだ夜のことだった。

「珍しい、すぐに出るなんて。今、家？」

「そういう日だってあるよ。うん、家だけど、どうしたの、何かあった？」

「何かなきゃ、電話しちゃいけないの？」

「そんなこと、ないけど」

「まぁ、何かってほどじゃないんだけど、仕事、辞めたから報告。有り余る時間を娘との電話に使うなんて、乙だなって」

「そっか、今までお疲れ様」

それは私の確かな本心で、精一杯の労《ねぎら》いではあるけれど、もっと何か言い方がある。圧倒的に足りていない。例えば、母を感涙させるような、成人式や結婚式で両親に伝える感謝のような、ふさわしい言葉が。

「サンキュー」

いつもと変わらず母の言葉は軽いのに、私を掬い上げる。母は、どんな気持ちでいるのだろう。仕事を辞めるその決心のきっかけを、娘に伝えるまでの逡巡を知りたかった。父が亡くなってからの母を知りたかった。私は、知らなくてはいけなかった。

「そんなわけで暇だから、いつでも帰って来てよ。今まで忙しくしててごめんね」

私が引いた線を、母は、もしかすると父も、自分たちの忙しさのせいにしていたのかもしれない。母の謝罪は私の硬い耳を貫いて、直接に脳を揺らす。実際にふらついた足元は、今の私にふさわしかった。

電話をスピーカーに切り替え、途中だった洗濯に取りかかる。近頃、洗濯物にわかめが付着する頻度が増えた。調べてみれば、洗濯槽のカビだという。買い替え時期だろうか。お金に余裕はないけれど、近くに迫った再就職の面接を乗り越えればきっと……。

この洗濯機は、いや洗濯機だけではなく、冷蔵庫も、電子レンジも、ドライヤーだって、大学入学時に父から買ってもらった。

いつだって両親に生かされていたことを、見回した六畳一間で、そこに満ちた母のたわいもない、近所で泥棒が出た、なんて話でやっと理解する。

私が川で溺れれば、両親はきっと助けてくれただろう。全身を濡らし、慣れない水でもがき、それでもなお、私を一直線に見て。一直線に手を伸ばして。これは、自惚《うぬぼ》れだろうか。愛されていると、愛している素振りを見せなかった私が思うのは、卑怯《ひきょう》だろうか。

「週末行こうかな」

「え、突然？　いや、迷惑とかじゃないけどさ。何か、あった？」

「何かなきゃ、行っちゃいけないの？」

「あはは」と教科書を音読するように母は言う。

「じゃあ、待ってるね。お土産はいらないよ」

「買っていくつもり、ないよ」

また、「あはは」と、母は硬く棒読みする。

その後で、私は口ごもった。少しの沈黙。母の方にはハンガー同士がぶつかる音や、タオルを叩く音が聞こえているだろうし、私の方には母が細く息を吐く音が……え？

「お母さん、もしかしてタバコ、吸ってる？　え、どうして？」

「あはは、バレた？　人生残り少ないし、今さら寿命なんて気にしてもねぇ。病院も辞めたし。それに、後悔したくないから。知らないものを残したまま死ぬのは嫌よ。お父さんだって、吸っていたんだから」

今度のそれは、柔らかい。

「お父さんも？　知らなった」

「嘘でしょう？　お父さん、ずっと吸ってたわよ。あ、でも家では吸っていなかったかしら」

車の天井の染みは、父が付けたものだったのか。見事に私は何も知らないのだった。

「知らなかった。私も吸ってみようかな」

「馬鹿ね、やめなさい」

「説得力、ないよ」

「元看護師よ、こっちは」

それを言われてしまっては返す言葉もない。

「あんたと私、意外と似ているのかもね。お父さん似だと思っていたんだけど」

鳩尾《みぞおち》の上辺りがくすぐったい。咳払いでは届かない部分。お腹に力を入れてみても、少し違う。服の上からでは当然触れられない。

「お父さん、耳柔らかかったよね。私、硬いんだ」

「あら、やっぱり私似かしらね。私も硬いのよ。電話も耳が痛くなるから、いつもスピーカーモード」

私と母が似ている部分など、あの雑誌に惹かれることくらいのはずだった。これはいいよ、と私は洗濯を干す手を止める。母を近くに感じた。

「私にお父さんのこと、教えてほしい」

電話の向こうから音が消える。通信不良になったかと思われるほどの静寂で、私は息すら止める。私の決心に近い何かを、母は察したのだろう。似た者同士なら、きっと分かる。

「お母さんのことも知りたい」

耐え切れずに言葉を足すが、火に油だったかもしれない。そこからの沈黙は、洗濯物に付いたわかめを爪の先で剥がしながら耐えた。

「分かった。何でも聞いて」

「ありがとう」

週末のシフトの代わりを見つけるため、大学生の男の子相手に初めてメッセージを送ってみる。

【代われます。五十嵐さん、そんなにかしこまらなくても大丈夫ですよ。年齢的にも、立場的にも！】

立場的には君の方が上だろうと思いつつ、その言葉に甘えて、【じゃあ、よろしく】と、素っ気なく返すだけにした。彼からは、「ポロン」という軽薄な音で、知らないアニメのキャラクターが親指を立てたメッセージが送られて来ただけだった。

「馬鹿ね。お父さんの貯金があれだけなわけないでしょう?」

母は細い、時代遅れの眉毛を大きく上下させながら言う。首を傾げ、溜息《ためいき》のような笑いを私の前に落とす。転がって来て、小さく爆《は》ぜた。

私の顔ほどもある器を片付ける母の手は、酷く荒れている。すぐに治ってしまう私のささくれとは違う、深く抉るような赤。抉られただけではない。赤を煮詰めたように盛り上がる黒は、血管の膨らみすら超えんとしている。

病院も辞めて、生理も止まって、血なんてもう見ないと思っていたんだけどね。心配した私にそう言ってのけた母は、どこまでも逞しく、そして寂しく見えた。

「あんたには悪いけど、大きい方の貯金は私の名義になってるのよ。お父さんもそうしろって」

そりゃそうか、当たり前か。

「悪いなんてことないよ。お父さんのこと、舐めてました」

「そうね、あんたはお父さんを甘く見過ぎよ」

ソファに座り、個包装のチョコをつまむ私の後方から聞こえるシンクを叩く水音が、出の悪い洗剤の残念な空振りの音が、どうしようもなく実家のそれで、私はこっそり笑う。

「お母さん、よく言ってたもんね。お父さんはすごい、偉い、それから、そうなるためにどれだけ苦労したかって」

幾度も聞き流してきた母からの電話を、なんとか探り出す。抽象的な言葉に収まる私の浅はかな記憶が、態度が、気持ち悪かった。

「でもあんたは、私がそれを言えば言うほど、自分への当てつけだって思っちゃってたわけよね」

振り返り見た母の眉が、もう戻らないほどに下がっていた。そんな顔をさせたいわけじゃない。

「ごめん。そんなつもりじゃなかった。あんたも、お父さんも、お互いのこと知ろうとしなかったからさ、あまりにも」

うん、ごめんね。お父さんのことだけじゃない、私は、お母さんのことだって……。

「私のせいだから。お母さんも、お父さんも悪くないよ」

精一杯慮《おもんばか》ろうとすればするほど、母を追いやるような気がする。心は正座してここにあるのに、身体が、口が、追いつかない。

どうしたらいいんだろうとスマホに掌を押し付けていれば、指紋が反応してしまったのだろう、何食わぬ顔で明るく光った。

【私のこと、知ってもらわなきゃ。そうしたら加奈子も、自分の話ができるでしょう？

隠してたわけじゃないの。言い出せなくて。ごめんね】

返信できずにいた吉野さんからのメッセージが、画面いっぱいになる。実際は小さなフォントだけれど、いっぱいに。

「私ね、お父さんのこと、好きだったよ。ちゃんと好きだった。嫌いなところなんて、ない。でもね、いつからか、うまく話せなくなったの。それがなんでか、ずっと分からなかった。けど、それはもしかしたら、お父さんが私に何も言わなくなったからかもしれない。お父さんのせいにしたいんじゃないよ。だって、お父さんだって同じように思っていたはずだから。お前の方こそ何も言わないじゃないかって」

キッチンから戻って来た母に、無理やりに視線を合わせた。父に対してだけじゃない。母に対しても私は、自分を出そうとしなかった。そのことに理由なんてない。理由がないことを、知ってほしかった。

「お父さん、最後まで加奈子には連絡しなくていい、そう言ってた。心配かけたくないからって。加奈子には加奈子にとっての大変さがあるんだから、押し付けたくないって。最後まで、それればっかり。ただ、俺のへそくりだけはあげてくれって。少ないだろうけど、あのくらいの金額なら気兼ねなく受け取れるだろうって、そう言ってた」

「肺癌、だったんだよね。それが転移してっていうのは間違ってない？」

母は、私の隣に腰を下ろした。ソファがぐっと沈み、二人分の重さが目に見えた。母の頬は、またこけたようだった。私たちは、痩せ方も似ているのだった。

「ほとんどは合ってる」

母は、私の方を見なかった。父を見ているのだろうと思った。クーラーから緩く出る冷気が、窓際に置かれた観葉植物を揺らす。節操なく入って来る夏の日差しに斜めから照らされているのに、埃一つ見つけられなかった。一際背が高く葉の大きな植物が私にお辞儀をした。

「途中でね、治療をやめたの。もういいやって、そう言った時の顔、今でも、ううん、ずっと忘れない。コロナもあって、なかなか面会に行けなくて、やっと許しが出た日にね、そう言われた。あんただけじゃないの、お父さんのこと分かってあげられなかったのは。お父さんの痛みも、苦しみも、私も結局、知らないの。でもね、その分考えようって、お父さんのことたくさん考えようって思った。知らなくても、口がきけなくても、考えることはできるから。思うことはできるから」

以前来た時と変わらずテーブルに置かれた『名前のない墓標』が、ぬらりと光る。壁に埋め込まれた飾り棚には、表紙をこちらに向けた見覚えのない本が真新しいままに並べられている。これらを読むために、母は仕事を辞めたのかもしれない。多くを知って、そして考えるために。

引き戸の奥から漏れてくる線香の匂いに混じるタバコの匂いは、母のものだろうか、それとも父のものか。私に隠れて吸い、隠れて苦しみ、そうして見せようとしなかった父の弱さ。隠し切ってしまえば弱さも弱さではなくなるのだろうか。でも、それに気づけないことこそを母は危惧し、恐れ、否定しているのだった。

「私ね、最近仲のいい友達ができたの。子供みたいな話だけど、本当に。でも、私、その人のこと知らない間に傷つけてた。でもね、少し考えれば気づけたことなの。いくらでも破片は転がってた。それを蹴飛ばし歩いたのは他でもない私で。お母さん言ってたよね、上を向いて歩こうなんて安直だって」

子供のように笑って話していた吉野さんは、その寂しさ故に、子供たちのやり方を真似ていたのかもしれない。そうでなくとも、自然に。降りて来る、憑依《ひょうい》する、そんな言葉は安直だろうか。

男性アイドルにお金を使い、自分の子であるかのように、それは言い過ぎだとしても、推し、時間を気にすることなく私に会いに来た吉野さん、いや美穂さんのこと、もっと知らなくてはいけない。もっと、考えなくてはいけない。窮屈《きゅうくつ》で束縛されるような感情じゃない。私が私であるために、考えたい。

「上も下も見なくちゃ駄目だし、たとえ真っ暗でも手探りで考えるの。生きてる限り」

母の持ち出す大袈裟な主語も動詞も、なんら違和感はなかった。母から出た言葉だった。

「私、家賃滞納してたの。冬頃。それをね、お父さんのお金で払った。お父さん、怒るかな。もっと有意義に使えって」

「馬鹿。何より有意義よ。死ぬんだから、凍って」

思わず笑った。なんなの、あんた。そう言いたげな母を無視していれば、母も笑った。先程まで一緒に食べていた釜茹でうどんが全て出てきそうだ。病院での長年の手洗い、そしてコロナの影響から度を超えた消毒を強いられた手で作り、また、その手で食器を洗っていた母を思ってなんとか堪えるが、嗚咽も始まっていよいよ危ない。浮かんでは落ちる影がテーブルの木目を濃く縁取る。節目が小さく鏡になって、私たちを映すかと思われた。

「本、借りていっていい？」

滑々《すべすべ》とした装丁を人差し指で辿る。私は許可を得る前から借りる気でいる。小説も、絵本も、雑誌も、ビジネス書すら置かれているが、中身など何でもよかった。ただその中を、母を知りたかった。一冊ずつ手に取り、小口を撫でる。それぞれに異なる凹凸《おうとつ》が愉快だった。

「なるほどね」

「あんたが一番不思議に思う本を選べばいいよ。内容でも、表紙でも、タイトルでも」

私の控えめな黒目は惜しみつつ本棚を離れ、テーブルの上に戻ってくる。

「それ、この前も読んでたじゃない」

「そうだけど。ちゃんと、読もうと思って」

題のパンチの強さではなく、中身を読まなければならない。吉野さんからの言葉を思い返して、胸を鈍く掻かれたような心地になる。適当に捲れば袋とじのあるページがその重さによって開かれ、しかし、封は解かれていなかった。胸とお尻の大きい女だった。

鼻が曲がっていた。

「家賃も払えないくらいお金のないあんたには、丁度いいかもね」

胃の奥ではまだ、笑いの泡がぷつぷつと膨らみ萎んでは、我先にと唇に向かっている。

「どうして？　関係ある？」

「大ありよ。なんでこんなに物価が高いか、あんた知ってる？」

「なんとなくは知ってる」

「その口ぶりじゃあ、怪しいものね。まぁ、私もちゃんとは知らないけど。とにかく、無駄使いはやめなさいね」

「うん」

私は曖昧に言って、雑誌を胸に抱く。薄い藁《わら》半紙は匂いを吸いやすいのだろう。実家特有の甘いような酸っぱいような匂いと、それに混じる線香がぷんと香った。

「人のことだけじゃないのよ、知らなきゃいけないのは」

説明口調で説教らしく言う母の緩んだ口元で、これは誰かの言葉を真似ているのだと分かる。学校や病院の先生か、それとも、父か。母の言葉ではないものを受け取る必要はないなどと手酷く思いながら、その言葉を選んだ母のことを知りたいと思う。

【たくさん教えてほしいです。いつか、お子さんのことも。それから、私のことも話したいです。母と、父の話ができました。近いうちに会いましょう。これからもよろしくね、美穂】

最後の一文に対して左を向いたバツ印を長押ししてから、送信する。仕事中だろうか、すぐに既読は付かないけれど、夜にはきっと返信がある。急ぐことなんてない。お子さんと離れていると知った今、卑しくも私は、いくらでもお誘いしていいと思っているのだった。

自分が吉野さんの子供になったことをまた想像する。けれど、吉野さんの柔らかく朗らかな輪郭は浮かぶのに、その横で私がどんな顔をしているのかは露ほども掴めない。離れていると知ってからの方が、マサトくんとカケルくんを意識する。意識するからこそ、私は私として、吉野さんを誘う。

「お線香あげていきなね。お母さんは、少し出て来るから」

鞄も持たず、皺の入ったリネンのシャツで母は出て行く。母が履いたグルカサンダルはやけに大きく、ひび割れた踵が別の生き物のように中で跳ねていた。きっと父のサンダルだった。

おりんの音が消えきるまで、私は正座のままでいる。硬い耳がほぐされていく。掌で強く覆えばやっぱり痛いけれど、それは外側だけに思えて、私はもう一度りん棒を振う。その音も、最後まで逃がさない。餃子のようにではなく、くしゃりと縦に折り曲げて、今度は物理的にほぐしていく。細くなった耳の穴を、仏間に反響するおりんの音が押し広げる。内も外も、ほぐれただろうか。少しでも、父に近づけただろうか。今では話すことも、触れることもできなくなった父を、頭の一番よく見える位置で大きく広げて、私は隣に横たわってみる。そこでの二人をありありと思い描けるのは、父の横で何も言わないままの私が本当の子供だからだろうか。それとも、これだって阿呆な自惚れで、お気楽な妄想に過ぎないと言われればそれまでか。

父に抱きかかえられてみる。拍動に合わせた歩調が私を連れていく。私の手足は短くて、でも、魚臭くないかな、と考えている。

母はいつまでも帰って来なかった。母自身のためにそうしているのではないだろうと思って、私はまた手を合わせ、目を閉じる。白く平らな私の手は、母のものとも、父のものとも違う。恵一、美紀、加奈子。字面をなぞりながら、五十嵐という性が同じなことを考えなしに誇った。それだけあれば充分だった。私は、いつか結婚するだろうか。

そして性が変わった時、私は何を持ち出すだろうか。

母は、父の代わりに挨拶をするだろう。私は、母に挨拶を頼むだろう。父は、母の胸の前で最初から最後まで穏やかな顔でいるだろう。

「人のことだけじゃないのよ、知らなきゃいけないのは」

脱毛の広告、電子タバコの広告、知らない作家のエッセイ、リモート会議におけるコミュニケーション、コロナと戦争と物価高と生活、短編小説、学習塾、新興宗教教祖死亡は暗殺か、子供の性の目覚め、公募俳句、相続手続き、婚活、終活のススメ、愛すべきヴィンテージ。

十まで捲って一だけ飲み込む。「と」で繋がれた言葉たちに痺れる。バイト先のシンクと汚れた川。部屋とYシャツと私。

暮れていく陽が元は父の部屋だった仏間に陰影をつくる。レースのカーテンに透過して溶けやすくなった橙色が、陽に焼けて黄ばんだ低い本棚の色を濃くする。

闘病中の父が読んでいたのだろう本が、本棚の上で平積みにされている。紫とピンクの背表紙は、橙色くらいでは色が変わらない。

「お父さん、元気だったんじゃん」

「違う、違う。元気とか、そんなの関係ないんだよ。むしろ、生きていくために欲を、こう、な。うん、ごめん」

「謝らなくていいけど」

いつの間にか帰って来ていた母に頬を叩かれる。ぱちんという音がいつまでも耳の中にいた。

「泊まっていくの？　疲れてるなら、運転やめときなよ。近いわけじゃないんだし」

「いや、帰るよ。仕事もあるし」

「そういえばあんた、何の仕事してるの？　家賃を滞納するって、それはあんたの怠慢？　それとも……」

「大丈夫。怠慢だよ」

母をいなしながら、無理をして全部を知りたいわけではないし、全部を知ってほしいわけでもないなと、禿《は》げ上がった頭を掻いて視線を泳がせる半透明の父を見て思った。

三．優しい人たち

水音が狭いキッチンを満たしている。洗い場の蛇口を誰かが開き過ぎたか、もしくは食洗器の蓋がきちんと閉まっていないのだろうと思っていたが、あまりに注文が入らないことに紐づけて、やっと雨音だと気がついた。雨は屋根を、いやこの建物を四方から叩いている。

「え、すっごい雨」

「五十嵐さん、今頃気づかれたんですか？　もうしばらく降ってますよ」

「ごめんなさい。ぼーっとしてた。あまりに暇だから」

先日シフトを代わってくれた大学生とはあの日のメッセージ以降よく話すようになった。とはいっても、一切敬語を崩さず話す彼との距離はこれ以上縮まりはしないだろう。なんてことはない、ただその事実が地べたに寝そべり、胸の辺りだけを上下させていた。

「怪我しないでくださいね。その機械、意外と危ないんですよ。前に働いてた高校生、それで指切ったんです」

すっかり見慣れ、心の内でひっそり「相棒」なんて呼んでいたその黄ばんだ機械から、私は半歩距離を取った。踵が床から離れる時、「べり」と音が鳴った。油や洗剤がソールにこびりついている。それはそのまま、ここでの時間を映すようだった。

「で、辞めました。怪我自体は大したことなかったし、本人もその日はけろっとしてたんですけどね、翌日その子の親が来て、それはもう大激怒でした。その子も、前日はそんな素振りを見せなかったのに執拗に指を痛がって、目つきもすっかり被害者のそれでした。店長、腰もげるんじゃないかってくらい頭下げてて、すごかったですよ」

「今時の親って、怖いんだね」

私の両親なら「唾でもつけとけ」って言いそう。医療関係者だし、特に。いや、医療関係者だからなおさら怒鳴り込むのかな、分からないな。彼の方は見ず、炊き上がったシャリをかき混ぜながら考えた。

「店長、お腹出てるじゃないですか。だから、苦しそうでした。顔真っ赤にして。でも僕思ったんですよ、叱られたことに逆上したり、恥ずかしさで赤面してるんじゃなくて、お腹と首が絞まって苦しくてそれで赤くなってるって、この人めちゃくちゃ面白いなって。僕、それ見て、ここのバイト長く続けようって決めました」

「変わってるねぇ」

「僕がですか？　店長がですか？」

「君に決まってるでしょう？」

「そうですかねー」と緩く言いながら、休みの店長に代わって仕込みをする彼の軽快な包丁の音は一定で小気味よく、大き過ぎる雨音の中にあっても埋もれはしなかった。

「その程度の思いだけで、三年も働いてるの？」

「いや、それだけってことはないですけど。仕事量も忙しさも丁度いいし、時給も悪くないし、でも店長に対する、なんていうか、好意？　愛着？　ちょっとズレてる気もしますけど、そういうものはあの日のことがデカいですね」

　夕飯時だというのに全然鳴らないタブレットに飽きがきて手を止めた。シャリだって、どうせこんなに用意しても捨ててしまう。捨てられ、あの川に流れ着く。実際には違うのかもしれないけれど、そんな気がする。

「この人のこと、もっと知りたいって思った感じ？」

「いや、それは違いますね。多分悪い人じゃないなー、悪い人だったとしても、この姿思い出したら全部許せちゃうなー、って思ったんです」

「そんなもんかな」

　私は彼に何かを求めている。目の前にエサがぶら下がっているのに距離が掴めないいまで、もう飛びついていいのか、もう少し走るべきなのか分からない。彼はそんな私を察したのか、話し続けてくれる。

「むしろ、これ以上は知らなくてもいいやって感じです。だって、余計なこと知って幻滅するのは嫌ですし。そりゃあ、悪い部分が目に入って、それを払拭《ふっしょく》したいがために良いところを見つけようとするなら分かりますけど、僕にとっては最大級に良いところ、というか及第点？　があるんだから、もういいかなって」

「なるほど、ね。それは今でもずっと、揺るがない？　あ、でも揺るがないから、まだ続けてるのか、バイト」

「んー、揺るがないですね。僕、滅多に店長にムカついたりしないんですよ。ほらあの人、忙しくなってきたり、自分の思い通りにならないとすぐに機嫌悪くしますけど、全然気にならないです。多分僕、誰よりも店長に優しい自信ありますよ。なんていうか、優しくするためにその人のことを知る、みたいなところありません？　僕はもうそこ、クリアしてるんで」

彼はまだ包丁を動かしている。今度は音がしない。さっきは野菜を切っていた。うちはほとんどファミレスだ。今はハマチを切っている。ここではあまり仕事の範囲が限定されていない。持ち場はあるけれど、絶対じゃない。前の職場では職務がきっぱりと分かれていて、それが楽でもあり退屈でもあった。その中での僅かな遊びが恭しい受話器の置き方であり、また用意された一辺倒の口調と台詞でクレームを受け流すことだった。

もしかすれば私は、彼に得意の誘導尋問をかけたのではないかと思い至る。両親のことも、吉野さんのことも知りたいけれど、それが何のためにかと聞かれればうまく答えられない。「知らないって弱い」のなら、弱さを捨てるために知るのだけど、じゃあ強いって何なのだろう。母の強さは？　吉野さんの強さは？　それを、彼の口から聞ける気がして。

「知らないからこそ強い」

そうも思ったのは、あの川の汚さを知った時だった。知るのが怖い自分がいないでもない。全部を知るのはまた違うと思ってもいる。

だから、彼の言う「優しさ」は私にぴたりと収まった。

優しいことは、手放しで強いと思える。優しさが誰かを傷つけることもあるかもしれない。でも、その傷の治りは早いんじゃないかな。これは言い訳だろうか。吉野さんを傷つけていた私は、どうだろう。少なくとも優しくはなかった。

都合のいいところだけを切り取って知るのは違うし、彼だってそんなご都合主義で店長に優しいのではない。もう彼は、店長の悪いところだって知っている。

【地球温暖化は太陽の活動周期によるもので、人のせいではありません】

【マスクは無意味です】

【扱いやすい人から、クビにしているんでしょう】

どれもご都合主義で、優しくない。知識を棚に上げて、もしくは知識不足で、正解を捻《ね》じ曲げる。たとえ正解などないのだとしても。

妙に小難しく考える自分を、母から借りた雑誌とあまりに暇なこの時間のせいにして、あくまで好奇心で動くふりをする。事実、私は賢くないのだし。

「いいこと聞いたかも。店長、かわいいかもしれない」

「それは言い過ぎですけどね」と言って笑う彼の声を掻き消す雨音が、ついに、というふうに狭いキッチンに降ってくる。それまでの音などくだらない。バケツをひっくり返した、でも足りない。轟音《ごうおん》が響く水槽へ、四隅を揃えて納められたよう。耳が水音で塞がれる。

「さすがにえぐいですね。台風らしいですよ」

私たちはマスクをずらし、張り上げるようにして声を出す。

「上陸、明日じゃなかった？」

「加速したらしいです」

車か何かのように言う彼を面白いなどと思っていれば、アラームが鳴った。どこから鳴っているのかを探ると、彼がポケットから煩く震えるスマホを取り出した。

警報を知らせるものらしいが、アラームといえば、例えば地震速報なんかはもっとけたたましい音で聞く者を驚かせ、また恐怖させて不必要なほどに危機感を煽《あお》る。そんな荒々しい気概をこの音から感じ得ないのは、それ以上の切迫が強い雨音によって既に持ち込まれているからだろうか。

「あ、やばいかもしれません」

どうしたの？　と、声よりも表情の方が分かりがいい気がして大袈裟に顔をつくる。マスクは顎にある。

「僕の実家、山の方にあって。えっと、ダムの近くなんですけど、近所の川が氾濫しそうらしくて」

電子機器は更衣室に置いてくるのが決まりのはずだけど、なんて思いながら彼が開いた地図アプリを覗けば、ラフティングをした川のすぐ近くだった。

「実家自体は高台にあるので大丈夫だと思うんですけど、祖父母がやってる畑が河原にあるんですよね。趣味程度とはいえ、駄目になったらきっと悲しみます」

「バイトどころじゃないね」

「ちょっと電話だけ、いいですか?」

「もちろん。お客さんもいないし、店長もいないし、副店長はホールに出てるし」

二階の更衣室へ向かって階段を駆ける早い足音を、それは想像か、リアルな響きか、その判断がつかないままで、私はあの美しかった川を思う。

氾濫したとして、元の美しさをきちんと取り戻せるのだろうか。不純物が少ないから、水深があるから、鮮やかな緑や青に見えるとマッチョは説明した。土砂が混ざり、また裾野《すその》を広げたためにゴミを巻き込み、さらに上流から運ばれてくる岩や泥によって川底が嵩増しされるのだとしたら、元通りになるためには多くの時間と労力がかかるだろう。

そもそも労力をかけたところで元通りになるのか怪しい。元通りにならないのだとすれば、マッチョは仕事を失うのではないか。能力はもちろん、思い入れさえなかった私が前の職場を辞めさせられたのとはわけが違う。マッチョには資質ややる気、仕事に対する熱があった。あったように見えた。それを失うのはたとえ不可抗力だとしても、いや不可抗力だからこそ、屈強な肉体をもってしても抗《あらが》うことのできない喪失感として重くのしかかるだろう。

危険に晒されるのは上流部だけではない。この雨なら海にほど近い下流部だって充分に危険。大学生の彼らは大丈夫だろうか。さすがにこんな時に川に出ることはないか。流される子供を前に躊躇なく助けに入った彼らは、きっと私よりもずっと川の怖さを知っている。

下流部の見た目や匂いはどうなるだろう。溜まったゴミや匂いは、風雨によって海まで運ばれるかもしれない。そうなれば多少は綺麗になるだろうか。もしくは、上流から流れてきた新たなゴミが堆積を重ねるのか。少なくない興味が湧く。

「五十嵐さん、今日はもう店を閉めることにしたから片付け始めちゃって」

従業員通路から顔だけを出して副店長は言う。その声も、全部を聞き取れたわけではない。雨は少しも勢いを殺すことなく足踏みを続けている。

「シャリ、廃棄ですか?」

急いで顎から上げたマスクの中だけで反響するその声が副店長に届くはずもない。私はホールに出てもう一度聞く。がらりとした店内では、お決まりのBGMが雨音の中を迂曲《うきょく》していた。

「そうだね、そうするしかないね。まぁ、仕方ないよ」

レジのお金を勘定する副店長は私に視線すらくれず、当たり前のように言う。

数日前、ホール担当の大学生の女の子が、副店長から突然SNSをフォローされたと騒いでいた。それとは別で、キッチンでたまにシフトが被る大学生の女の子も、副店長からカラオケに誘われたと毒づいていた。「ご飯じゃなくて、いきなりカラオケですよ? やばくないですか?」長い睫毛が音を出して羽ばたいていた。

副店長はつまりそういう人で、それが私に向けられないことは彼女たちからすれば羨ましいと映るのかもしれないし、私自身にも安堵はあるけれど、ただほんの僅か焦りを覚える。でも、実際にそれを向けられたら吐き気がするだろうことも事実で、そこを境に私の副店長への興味は終わっている。

「もらうのはなしなんですよね？」

言ってすぐに後悔をする。駄目に決まっているし、それに……。

「そんなにご飯に困ってるの？　でも、いくら困ってたって駄目なものは駄目だよ。決まりだから」

今さらこちらを向いて、しかし目線は私の足元に落として、副店長は嫌な笑みを目元に浮かべる。

やっぱり言うべきじゃなかった。卑しいやつだと思われた。店長のかわいい部分は知ったけれど副店長のはまだで、この先も知らなくていいのだ。

「ですよねー」

思ったよりも大きな声が出て、自分で驚く。怒りや悲しみが声色に滲み、副店長のくだらない自尊心を底上げしてしまっていないか不安になる。目を背けるようにキッチンに戻った。雨音が煩くて助かった。

「とりあえずは大丈夫そうでした。畑は、水が引いてからじゃないと分からないみたいですけど、仕方ないって割り切るそうです」

二階から戻った大学生は、私の目をきちんと見ている。安堵と、家族の逞しさを受け取った真っ直ぐな目で。

「そっか。よかった」

もっとうまい返しがあるはずなのに見つからない。そういうことばかりだ。だから、代わりの言葉を全く別のところから借りてくる。

「あ、今日もうお店閉めるって、副店長が」

「ほんとですか？　そんなこと、勝手に決めていいのかな。店長に聞いて確認取ったらいいんですけど」

会話が自然と流れて、安心する。

「副店長って、そんなに権限弱いの？」

「激弱ですよ。あの人、いっつも店長に怒られてますから。馬が合わないっていうのもあるとは思うんですけど、あの人、反省しないんですよ。むしろムキになって反抗する節があります。黙って言うこと聞いてればいいのに。僕たちみたいに」

私は大袈裟に驚いてみる。その後で、私は反抗のために黙っている節があるな、と顧みる。

「たぶん、自分の方が優秀だと思ってるんでしょうね。あの人大卒で、店長は短大卒だから。今の立場の差は年齢だけだと思ってるんですよ、きっと」

「詳しいんだね」

「長いんで」と、流し目でさらりと言うところを見るに実家は紛れもなく無事なのだろうと、私まで強く安堵した。

「でも、もしかして君はそんな副店長のことも?」

「あはは、そうですね、好きです。馬鹿みたいで、くだらな過ぎて、笑えます」

変わらずの風雨が屋根や外壁を叩くために私たちはこれまでになく近い距離で話しているが、近くなったのは物理的な距離だけではないと思われた。とはいえ、この先が行き止まりなのは地図を見ずとも分かる。見ないふりをして、もしくは幻想の道を書き足してまで縮めようとは思わない。そうだな、その意味で言えば副店長はすごいな。

「あ、野菜切っちゃいました。魚は冷凍しておけばいいんですけど。あー、失敗」

心底残念そうに腕を組んだ彼を、やはり優しいと思う。

「私も、シャリ捨てろって言われた」

「んー、じゃあ、ラップ取ってもらえますか?　五十嵐さんの後ろの棚に、あ、お持ち帰りの容器の脇に刺さってるので」

「え、どうするの？」

「当然、持ち帰りますよ？　もったいないし、かわいそうじゃないですか。食べられるためにあるのに。バレなきゃいいですよ。それにバレて怒られたって、どうせ捨てるならこっちの方が正しいって、優しいって、自分が思っていられれば大丈夫です」

迷いなく言ってのけた彼と並んで大きな酢飯のおにぎりを作り、ラップで巻く。野菜はそっと包む。その間、副店長がやって来ないかそわそわと二人、交代でホールを覗きに行くのがやけに愉快だった。

全部は握り切れず、残りのシャリは機械的な青に染まって息を止めた。それらが下流の川に直接流れることはないと分かっていても、その他雑多な残飯と一緒くたになったそれを見ているとあの匂いが鼻をかすめる。これも一端を握っていると意識する。それでも、重たいおにぎりを両手で抱えればそんな思いも幾分か軽くなるのだから、私はどこまでも現金なのだった。

「いいことしたって、思いましょ」

彼の優しさが私の陳腐な胸を圧する。

傘を持って来ていないことに、店を出てから気がついた。台風は明日からのはずだった。

シフトが削られ、不本意なまま更衣室でダラダラと着替えている間に車で来ている大学生も副店長も帰ってしまった。副店長の車に乗る自分はさすがに想像したくないが、店内照明も看板の電気も消えた狭い軒下で一人、佇むしかなった。

店を閉める前に比べれば雨の勢いは多少穏やかになり、また風はほとんど感じられないが、勾配《こうばい》やアスファルト舗装の傷みによってできた水溜まりには大きな波紋《はもん》が次々に広がり、互いに打ち消し合っている。それを車道から零れたヘッドライトの明かりを頼りに眺めていると、どこからか一隻の笹舟《ささふね》が流れて来るように思われた。

【吉野さん、お疲れ様です。私、今バイトが終わったのですが、傘を持って来ていなくて。もし、本当にもし、お時間あれば来ていただけたりしないでしょうか】

何度も見返し、何度も送信を戸惑い、天気予報を確認し、もう少しで止むかもしれないと踏み止まり、もしかしてもうそんなに降っていない？　と何歩か軒先から出ては、やはり大粒だったと引き返し、そうして弱まりかけた雨が息を吹き返したように感じたところで、「えいや」と声に出して送信した。

危惧した通り、送ってしまってから酷く後悔し、やっぱりこの程度なら傘なしで大丈夫か、走るか、と腕を伸ばして掌を濡らしていれば返信が来た。

【すぐ行く！　ちょっとだけ待ってて！】

私の周りは優しい人ばかりだなと都合良く、しかし対する私は全然駄目だなと、信号機の光を反射し、赤や青、そしてすぐに色を変える黄色い水溜りにいじらしさを感じながら思った。


「加奈子、すぐに連絡しなかったでしょ」

吉野さんは鋭い。反射的に「すみません」と謝ってしまう。

「軒先で待っていたはずなのに、そんなに頭が濡れるわけないでしょう？　風は収まっていたんだし。私に連絡するか迷って、歩いて帰れるか試して、やっぱり無理だって引き返して、そんなふうにしてる姿が目に浮かぶよ、まざまざと」

「すみません」

やっぱり謝ってしまう。迎えに来させてしまってすみません、と感謝を含んだ謝罪をしなくてはいけないのに、ただの謝罪だけが先行する。

「とは言ったものの、私だっていつもいつでも暇なわけじゃないから、折り畳み傘くらい持っておきなね」

今日の吉野さんは、やけにお母さんみたいだ。毎日のようにくだらないメッセージが行き交っているから久しぶりには感じないけれど、そうだ、こうして直接会うのはラフティングをして以来だった。それはつまり、吉野さんがお子さんと離れていると知って以来。私は吉野さんとの付き合い方を変える気はないし、変えてはいけないとも思っているけれど、吉野さんからすればそうもいかないのかもしれない。以前と変わらないくだらないメッセージはそれらを有耶無耶にするための攻防で、互いへの気遣いなのだと言えば聞こえはいいが、その実私は、手癖でそうしているだけなのだった。

そんな折にこんなかたちで呼び出してしまったのを悪いと思う半面、きっかけが見つかってよかったと、お母さんのような口調にこれまで以上の親しさを受け取ることにした。フロントガラスを遮《さえぎ》る斜線が未だ濃いことも、私の上ずった肩を少しばかり和らげる。

私の母は、私を名前では呼ばない。その差も丁度よかった。父は、私を名前で呼んでいたことも思い出した。遠くに置かれた昔のことを引っ張り出すというよりは、歩いて戻れる地続きの記憶として。「加奈子」と呼んでいたことを覚えている、ではなくて、今会っても「加奈子」と呼ぶだろう、と。

「ほんとに、ありがとうございます。助かりました」

「いいの、いいの、ほんとに。それにね……」

橋の袂に差し掛かる。吉野さんはスピードを落として脇道に車を停めた。後ろを走っていたワゴン車は怪訝《けげん》そうに減速した後で、必要以上に加速し私たちの脇すれすれを通り抜けて行った。

「私、川が見たかったの。この雨でどうなっているか、知りたくて」

「傘、二本あるのよ」と言って吉野さんは後部座席に手を伸ばす。ふわりと甘いシャンプーの匂いが香って、また申し訳なさが湧いた。

柄にシールが貼られたものと、綺麗過ぎるほどぴしりと丸められたビニール傘を突き出され、迷わず綺麗過ぎる方を選んだ。

「台風の日に川に近づいちゃいけないなんて、知ってる。だから河川敷から少し覗くだけ。ちゃんとした懐中電灯も持ってきたのよ。これは一つしかないけど」

吉野さんは声を潜める。共犯だよ？　というふうに。

「私も見たかったです」

「知りたいよね」

繰り返し、強調する吉野さんは幼く見えた。私は強く頷いた。


河川敷を上がれば、草の蒸れる生臭い匂いが塊になってそこにあった。暖かい夜気と雨の相性の悪さを再確認する。雨音を急《せ》かすような蛙の鳴き声が四方から聞こえるが、その姿は見えない。いつ踏んでしまうとも分からなかった。

「そこまで変わった様子はないね。暗くて、色とかは分からないけど」

橋の上の街灯と吉野さんの持つ懐中電灯の先でほんのり浮かぶ川の様相は、普段よりは流れも水嵩も増して見えたが、言ってしまえばその程度で、吉野さんの持った感想はもっともだった。

安堵はある。こんな街中で氾濫などすればその被害は尋常ではない。しかし、この物足りなさは何だろう。期待外れ？　心配して損した？　おそらく私は、この川を軽視している。だって所詮は生活排水だ。

「上流は大丈夫かな。山の方が降ってるみたいだし、ここよりずっと増水してるよね、多分」

台風は今晩と、それから明日の午前中までは居座るらしい。

「バイト先の子が、氾濫しそうだって言ってました。あの辺りに実家があるらしくて」

言いながら地名をスマホで検索するが、目立った情報は出ていなかった。そのことには強く安堵した。崩れても良しとするものと、そうでないものに線引きをしている自分を悲しく思いながら、それを仕方のないことだとも感じている。綺麗だとされ、また綺麗に保たれようとしているものと、そうではないものに差があるのは当然のことだと。吉野さんも同じように調べているのだろう、青い光が傘の内側に反射しながらその横顔を照らしている。

「大丈夫そうではあるね。ラフティング、またやれるといいんだけど」

さらりと言う吉野さんに驚く。私はあの日の話題を出すことさえ避けていたのに。

「また、行ってくれるんですか?」

「もちろん。そりゃあ、いい思い出ばかりじゃないけど、ううん、いい思い出ばかりじゃないからこそ大事にしたいと思って」

スマホを閉じてしまった吉野さんの顔は、傘のせいもあってよく見えない。でも、きっと美しい顔をしていると思った。

「今、あの川が見たいって言ったら、どうしますか?」

え? はっきりとそう漏らした吉野さんの顔は、手に取るように分かった。

「私、知りたいんです。今あそこがどうなっているか。川だけじゃなくて、川のすぐ近くにあったあの会社が、建物が、マッチョがどうなっているか。私にとっても大事な思い出だから」

頭より先に口が動いた。でも、取り消す必要などなかった。一糸まとわぬ私の言葉。

「行くよ。行くに決まってる。でも今からは無理だよね。明日か、明後日か」

今がどれくらいの今を指しているのか自分でもはっきりとしない。できるだけ早く、その思いだけでいる。

「あ、明日明後日は仕事でした。というか、新しい仕事の研修です。本格的に働くのはまだ先で、夜はバイトのシフトも……」

「駄目じゃん! もう、勢いだけなんだから。じゃあ、三日後」

吉野さんに笑われる。頭を掻く自分が、やけに明確に俯瞰で見える。

「そういえば、バイトを辞めることまた言い忘れてました。来月までには言わないと」

「馬鹿」

機械で手を切ったわけでもないのに突然辞めていく私を見て、彼はどう思うだろう。この人、なんであの時言わなかったんだって面白がってくれたら、嬉しい。

*

よく晴れた日だった。吉野さんは仕事を休んでくれたらしい。お金は元夫からふんだくってるから大丈夫、だそうだ。

「子供たちにね、近く会えそうなの。まぁさ、会えない方がおかしいんだけど、今はそれで充分って思っちゃう。でも、これに慣れてしまうのは怖くて。だから、私たちの間に何があったか、これから考えて、考えて、考え抜くつもり」

吉野さんは前に進んでいる。私はどうだろう。ずっと同じ場所にいる気がする。可もなく不可もなく。大きな事件の只中でもがくこともなしに、ただ周りの流れに合わせて。その足踏みで、地が固まるならいい。でも、崩壊させてしまったら？

「よかったって言っていいんですよね。ちょっと、気持ちがついていかなくて。メッセージでなら、もっとマシな答えを出せたとは思うんですけど」

「直接言って驚かせようと思って。驚いた？」

「鳥肌、立ちました」

「それは嘘でしょう？」

吉野さんは運転席から腕を伸ばして、半袖を着た私の二の腕を執拗に触った。ハンドルのすぐ脇から放出されるエアコンの冷風によって冷えた吉野さんの手に触れられたせいで、鳥肌が立った。昨晩剃《そ》ったムダ毛が尖っていないか気になった。

汜濫には至らずあくまで増水で済んだと、昨日大学生の彼から聞いた。

「水位は相当上がったみたいですが、せっかく身構えたのに物足りないって、電話で祖父が言ってました。河原の畑は、やっぱり駄目だったようですが……」

薄い壁一枚隔てた更衣室から聞こえる彼の声は、衣擦《きぬず》れの音で時折途切れた。だから、どんな調子で話し、どんな顔をしているのか、摑み切れなかった。

あの川でラフティングをしたこと、それがどれだけ楽しかったかということ、そして明日川を見に行くのだと伝えれば、「ありがとうございます」と、かしこまって言われた。辞めることを伝えた時の「今までありがとうございました」は、いつもの彼の明るく軽薄とすら思える口調だった。

「見て、あそこまで濡れてる。土手を超えはしなかったけど、河原はほとんど浸されたみたいだね」

大学生の祖父の畑はきっとああいうところにあったのだろうと、漫画アプリの広告で見るような農園ゲームの畑をあてがってみる。

車窓から見る川は枝葉を下ろす対岸の広葉樹の緑を映すことなく、茶色く流れていく。沿道に植えられた樹木が視界を遮っては消えていく。桜だろうか。春になり、水面を桃色が染める日が来るのならば、私はそれも見てみたい。

台風から三日が経ち、吉野さんが視線で促したように河原の水はすっかり引いていたが、水量は前回来た時よりも随分と多く流れも速く見えた。この町や山に降り注いだ大粒の雨が全て下流まで流れていくには、まだ時間がかかりそうだった。

おそらくはサイレンを響かせ、「危ないですので、近づかないでください」と放送をかけていたのだろう背の高いスピーカーが、疲れてくたびれたように立っている。その脇を抜ければ看板が見えた。黄色いボートに乗った赤いライフジャケットの男女が、満面の笑みでこちらにピースサインを向ける。

事務所は、川に近い場所にあるが被害はなかったようだった。外壁に水の跡がないことで、それを知らせている。入り口の扉では、『定休日』の札が揺れていた。

「今日、休みじゃないはずなんだけどな」

路上の端に車を停めて、吉野さんはスマホを眺めて言う。

早い時間から電気を消したラーメン屋、回転寿司。それらを店外から眺めていた時を思う。閉めるという選択肢を選んだことの意味を探る。副店長のそれが単なる反抗だったとしても、そこには強い意思があったはず。

「あのー」

とんとん、と人差し指の第二関節が車窓を叩く。

「すみません、すぐに動かします！」

吉野さんが慌ててサイドブレーキを下ろしたところで、窓の向こうの人物と目が合った。

「マッチョ！」

自分の中だけで使っていた呼び名が口をつく。聞こえてしまっただろうか。

「え、あ、ほんとだ」

吉野さんも気づいたようで、サイドブレーキを再び引き上げた。

「路駐してしまって、すみません。邪魔でしたよね。少し川が見たくて」

私がしたのではなく吉野さんの操作によって窓が開けられ、マッチョの焼けた肌と堀の深い目が鮮明になる。

「あ！　この前のお客さんだよね？　そうだそうだ！」

マッチョの顔が明るく光る。頭上には針葉樹が垂れ、尖った葉の隙間から漏れた細い光がマッチョの顔を刺していた。

「停めてて大丈夫だよ。今日はお休みなんですって伝えに来ただけだから」

「稀にいるんだよ、予約なしで来る人が」とマッチョは言って、私たちを河原へ促す。

「何かのついでに来てくれたの？」

この辺りにはこの川の他には何もないだろうと思ったが言わなかった。あ、温泉もどきならあるか。

「せっかくなら、一緒にどう？　お礼は飲み物くらいしかないけど」

　そう言ったマッチョが土手の斜面から拾い上げたのは軍手と大きなビニール袋。以前の職場のシュレッダーで使われていた九十リットルのビニール袋を思う。そういえば、あれを毎回替えていたのは吉野さんだった気がする。

　斜面を降りながら目についたのは濁り増水する川ではなく、河原に散乱する折れた木の枝や青々とした葉、砂肌が剥き出しに抉れた地面と、そこにできたいくつもの水溜まり。そして、骨が飛び出た傘やコンビニのビニール袋、底の抜けたブリキのバケツ、家の塀に使われるような板、陽の光を眩しく反射するガラス片、それら人工物の数々だった。

「リバークリーンって銘打ってる。うちの社員と地元の人、それから……」

　マッチョが火ばさみで指した先で腰を屈め、こめかみから大粒の汗を流すその集団は、あの日タカヒロくんを助けた大学生たちだった。

「見た通り、台風でこの辺りが酷いことになってね、その現状をSNSに投稿したら来てくれたんだよ。いい子たちだよ、ほんと」

　彼らを見るマッチョのTシャツの下で、胸筋が萎んだ気がした。

吉野さんと二人、二つ返事でリバークリーンへの参加を承諾し、心ばかり日焼け止めを塗り直してから改めて河原へ出た。

真夏日にもなるという炎天下の中で日陰もなく動けば否応なしに身体の水分は蒸発していったが、私は嬉々とした労働感に満たされた。お金をもらうための行為でも、ダイエットのための汗でもなく、ただこの川のために動き、あろうことか感謝までされる。そのことに喜びを感じ得た。充足感で喉の渇きすら意識から霧消する。目に見えて膨らんでいくビニール袋が私そのものに見えた。

汚れた軍手の甲で額を拭いながら、川を見る。茶色く濁った川。覗き込んでも何も見えない。いくつかの水の塊が互いを押しのけ、ぶつかり合いながら流れていく。川中から辛うじて頭を出した岩がいつよろめき、動き出してもおかしくなかった。

跳ねた水が頬に当たる。粘り着く空気の中で泥の匂いが存在を主張した。あの美しい川に戻ってほしいと願い、足元のゴム片のようなものを摑もうとしたが火ばさみは視界の端で空を切った。まずい、と思った時には遅く、視界はぐらりと歪んだ。

私は、それはそれはゆっくりと川に向かって倒れていく。肩口を摑もうとしたがライフジャケットなど着ているはずもない。代わりにベージュのTシャツが張りついている。

流れる私は、きっと目立たない。やっと、喉の渇きを思い出す。目前に広がる水の塊に潤いを見る。落ちるのも悪くないかもしれないとすら思う。しかし、そんなはずはない。私を助けるのは父だろうか。不謹慎か。無責任か。父に助けられた私は「怖くなんてなかった！」と幼い反抗を見せ、父は苦笑いで肩を揺らすだろうか。でも私は、次の瞬間には泣いているかもしれない。顔中に泥か水が付いているから気づかれないと高を括って。あぁでも、父は気づいてしまうだろうな。敵わないな。母は怒るだろうな。泣いてくれるかな。

腕が伸び、肩に衝撃がくる。

「危ないですよ？　少し休んだ方がいいんじゃないですか？」

知らない顔。効きの悪い脳みそで辺りを見渡せば、川との距離は数十メートルほども離れていた。季節外れの霜取り運転を始めた頭が、冷たい空気を吐きながら軋む。

「ふらふらしてるなー、と思って」

Ｕｎｉｖ．の文字が見えて、大学生だと分かる。彼は、「あ、すみません」と言って握っていた私の手を離し、改めて手首を握った。その冷静さがおかしかった。

「ごめんなさい。ちょっと、ふらっとしちゃって。ありがとう」

彼に手首を握られたまま、私は両の脚に力を込める。意外にも真っ直ぐ立てたことに安心をすれば、こめかみがきぃんと唸った。

「大丈夫ですか？　座ってください」

「おーーーい、誰か、水持って来てくれーー」

彼の声は猛々《たけだけ》しい水音に負けず、遠くまで届くように思えた。

「ほんとにさぁ、いい加減にしてよ。いよいよこの川に来たくなくなるところだったでしょ？」

河原に止められた軽トラックの荷台がつくる狭い日陰に座りスポーツドリンクを飲む私に、吉野さんは呆れる。

「すみません、夢中になってしまって」

ぺしと叩かれた私の熱い脳天は、叩かれた部分から円を広げて少しずつ冷めていく。

「こんなことさせてしまった僕に責任があります。すみません」

日差しに晒されたままのマッチョは熱い汗を流し、頭を下げる。恭しい敬語をやめてほしかった。マッチョらしくないからやめてください、とは言えず、

「謝らないでください。私の不注意です。こちらこそ、お仕事の邪魔をしてしまって、すみません」

と、本当は立ち上がって言いたかったが身体が言うことを聞かないために、座ったままで深く頭を下げた。顔を入れた股の間からは蒸れた匂いがした。

「邪魔だなんて、そんな。むしろ、ありがたいです。一度ラフティングをしただけと言ってしまえばそれだけの川に、それに、あんなことがあったのに、これだけ一生懸命になってくださるなんて」

大変に感謝され、ぼんやりとしたまま恐縮してしまう。

「いえ、ほんとに全然。この川が無事でよかったです」

一度ラフティングをしただけ、なんて言い方はふさわしくない。私にとっては充分に、大事な場所。大事な思い出。

「大学生たちにも感謝しなきゃな。彼ら、いつも練習している下流の掃除もしているらしいですよ。ほぼ毎日。ほんと、頭が上がらない。川は繋がっていますからね。ここを綺麗にするってことは下流を綺麗にすることでもあるし、下流を綺麗にするってことはここを大事にすることでもあるんです。まぁ、これは感覚的な話ですけど、僕はそう思います。川に限らず、色んなものは繋がっているって。五十嵐さんたちにまた会えたのだって……」

尻すぼみになった最後を私が聞き返す前に、マッチョは日焼けとは違う紅潮を頬に浮かべ駆け足で川縁へ戻って行った。

あぁ、私はあまりに弱い。表面だけ掬って、知った気になって、ちょっとゴミを拾って、倒れて、それで満足している。

吉野さんを見上げれば、かちりと目が合った。

「私たち、駄目ね」

「はい、ほんとに」

帰ろうという時、代表の男性がお礼だと言って飲み物と、あろうことか茶封筒まで渡そうとしてくれたが私たちは固く断った。受け取れるはずなどなかった。

「割引券です。ラフティングの」

目線を泳がせる代表の前で、私たちは無力に低頭する。

遠い稜線《りょうせん》に僅かばかりの赤が滲み、川面と空は互いの藍《あい》色を持ち寄って時間の進みを鈍らせる。すぐに夜になるようにも思えるし、ずっとこのままの時間が揺蕩い続けるようにも思えた。

変わらずの汚れた匂いが鼻をつくが、私たちはそのことに触れなかった。二羽の鳥が並んで低く飛び、川中から突き出た金属の枝で羽を休めていた雀《すずめ》か何かが慌てて飛び去った。魚が跳ね、舞った水は透明だった。自転車のベルが鳴り、高校生のカップルが道を譲った。その後で、硬く手を握り直した。

橋の下では、緑のビブスを着た年配の男性らが数人、火ばさみを持って歩いている。一人が川に身を乗り出し、二人がそれを後ろから支えていた。

「こんばんは。今日は綺麗な夕焼けでしたね」

皺だらけだが、高い鼻に品のある男性に声をかけられる。白髪が暖かい風で申し訳なさそうに揺れた。

「ええ、本当に」

言いながら、男性が手に持ったビニール袋の中身を捉える。水分をこれでもかと吸って波打った、下世話な雑誌。

「知ってるだけじゃ、弱いね」

吉野さんがこぼす。吉野さんが言わなければ私が言っていただろうと、失った過去に居場所を探した。

「はい、本当に」

別れた夫との間に何があったのかを考え抜くと言っていた吉野さんは弱くない。けれど、それを言うのは違う気がした。怒られる、何故かそう直感する。

「真っ暗でも手探りで考えるの」母の言葉が、温度を伴って胸中を席巻する。

ここを汚いと吐き捨て、綺麗さを求め、線を引いた。

大学生だけではない。私だって当事者。下流も上流も知っていたのに、それ以上踏み込まなかった。ただ眺めているだけだった。親指の先が痛む。

私は、優しくない。

*

母は、私からの電話に一コール目で出た。

「どうしたのよ、あんたから突然に電話なんて」

母は言うが、その実私の要件を察しているのだろうと、そのわざとらしくとぼけるような口調で推測する。

「お父さんに、会いに行こうと思って」

「手首でも切るつもり？」

「やめてよ！」と吐き捨てるように言えば、母は電話の向こうで大きく咳き込んだ。愉快な人だと思う半面、そうして冗談を交えなければ話せないような娘に育ってしまったのかと、自分を恥じた。同時に、やはり母は優しく強いのだと、自分の弱さを棚に上げて誇った。

「ごめん、ごめん。お墓、だよね」

盆には帰らない、仕事が忙しいから、と嘘ではないが伝えていた。しかし、例年通りの帰省ラッシュが戻ってきたと、観光地が驚くほどの賑《にぎ》わいを見せているとニュースが伝えた今日になって母に電話をかけた。キャリーバッグを押す親子が新幹線のホームでインタビューを受け、「三年ぶりにお墓参りに行くんです」そう言っているのを見て、はっとした。初盆なのだ。

とぼけるような口調を思うに、ともすれば母は、こうなることを予測していたのかもしれない。それとも期待していたのだろうか。前者であればまだ救われる。後者だとすれば、やはり私はどこまでも親不孝なのだった。結果オーライで済ませるわけにはいかない。もしニュースを見ていなかったら……。

そんな私の負い目を愉快に蹴飛ばす母に、私は微塵も歯が立たない。

「急なんだけど、明日でもいい？」

「いつでもいいわよ。時間はあるから。なんたって、自由の身ですから」

「ありがとう」

感謝は心を込めて、素直に。そんな幼稚とも思えるまじないを胸中に浮かべて声を送るが、それは私の硬い耳に戻って来る。どうすれば真っ直ぐに届けられるのか、その術を知らない私は、どうか私の気持ちを察してくれと、母の優しさと勘の良さに情けなく縋るのだった。

父の寝床は仏壇同様、美しく整えられていた。濃い灰色の墓石はこれ以上ないと思えるほどの強い日差しを堂々と蓄え、植物園に鎮座する多肉植物よろしく、その質量を増大させていくようにさえ見えた。花立で鮮やかに揺れる赤や黄の菊は、そこで生まれ成長していったかのように周囲に馴染み、枯れなど知らないままで息をし続けている。

墓地は、実家から決して近い位置にあるわけではない。今日も車で二十分ほど走り、コインパーキングに停めてからさらに十分ほど歩いてやっと到着した。そんな場所にも関わらず足しげく通っているのだろう母は、私よりもずっと足腰が強く、健康体そのものに見えた。そうではなく、身体に鞭《むち》打って通っているのだとしても、それはまた別の意味で母の矍鑠《かくしゃく》を色濃く露《あら》わにするだろうと感じた。母を年齢に透かして見たのは初めてに思う。父と対面し、やっと。

母と並んだ二つの輪郭が、深く刻まれた文字彫刻の行書体に影をつくる。母は慣れた手つきで水をかけ、使い回しの雑巾ではなく、白く美しい布巾で墓石を磨いていく。艶やかな動きだった。私には一切見えない汚れが、母には見えているようだった。

手桶《おけ》に水を汲《く》み、おずおずと母に差し出せば、「打ち水くらいあんたがしなさい」と、呆れられてしまった。そう言われても、やり方を知らないのだ。墓参りをした経験など記憶の隅を幾らつついても出てこない。これはきっと、私が家族との間に引いた線のせい。盆も正月も、まともに家族と過ごしてこなかった。墓参りに行ったとしても蚊に刺されることばかりに意識を割いていたことを、妄想の範疇かもしれないが記憶に書き足した。

「それ、お供えするんでしょう？　貸しなさい」

　水鉢に滑らかな水を張った母に急かされ、実家の最寄り駅構内にあるローカルなコンビニで買ったバームクーヘンを差し出せば、母は線香を持った手の甲に額を押し付け、それから顔を上げた。

「なに？　お父さん好きだったでしょ、これ」

「そうじゃなくて、ほら、これ」

　母がくたびれたエコバッグから取り出したのは、買った店も、それから値段も母の方が高級なものであるが、同じくバームクーヘンだった。

「やっぱり似てるなぁって」

　母はよく笑う。たとえそれが無理をしてやっていることなのだとしても、父の前ではそうあるべきだろうと、私も穏やかな顔をつくるよう努めた。

　紙箱に入ったままの二つのバームクーヘンを父に渡し、それから蝋燭《ろうそく》に火をつけ線香をくぐらせる。漂う匂いは胃の奥まで染み、両の脚に根が生えたように私の姿勢を正させる。何に対してかは分からない安心が抵抗なく満ちた。死者に向けるためのものが生者を安らかにするなど皮肉が効いていそうだが、結局、父のことは私には分からずじまいで、しかし、それが諦念に甘んじる理由にはならないことを今の私は知っている。大袈裟だろうか。

「そうだ、そうだ。これも供えてあげなきゃ」

母がポケットから無造作に出したのは生前父が吸っていたというタバコ。母も同じものを吸っているらしかった。

「死んだ後くらい、あんたの前でも吸わせてあげなきゃ」

「隠す必要なんて、なかったのに」

「馬鹿ね。少しでもあんたに嫌われたくなかったのよ、きっと」

それから母は、父に供えた箱から一本を抜き出した。

「ほんとは駄目かもしれないけど、お寺の人も止めはしないでしょう？　だって、大事な人との繋がりみたいなものが、くさいこと言ってるのは分かるけど、この一本にはあるんだから」

私は何も言っていないのに、母は私を言い負かすように言う。実際に私は納得し、大学生と共犯になって廃棄食材を持ち帰ったことを思い出した。目の前にある川だけを持ち出し線を引いた私と、決まりごとに縛られそこで止まりかけた私は、考えが及ばなかったという点で繋がっていると思われた。すぐに解けてしまうような頼りなく無理やりな結び目で作った繋がりだったとしても決して放してはならないと、早くもマッチを擦る母に気圧《けお》され思った。

正しさ以上の強さ、そして優しさが彼や母、吉野さんにはあるようだった。また父にも。

病気のことも、タバコのことも、隠していたのは父の優しさだった。他ならぬ、私への。弱さでは決してない。母の危惧はもっともで、ならばやはり、あの日の電話には一度目で出るべきだった。いや、もっと早くに、私は父に、また母に会わなければならなかった。靄を掻き分け、線を消し、無防備に。

母から吐き出される紫煙《しえん》はこれまで両親と私を隔てていた靄を、私が一方的に漂わせた靄を、上書きするようだった。私は何も持っていなかった。抵抗感をむき出しにする今にも咳き込みそうな喉を殴りつけ、私は息をする。せめて、せめて……。

「お父さん、優しいね」

住職ではなく、墓石を挟んで向こうにいた家族連れの執拗な咳払いで、結局母はすぐに夕バコを消した。バツが悪いような、しかし母との共犯めいた視線のやり取りは、私を安らかにする。

「今さら過ぎるけど、そうね、優しかった。あんたが自分のことを話さなくても、ずっとあんたのこと考えてた。分かろうとしてた」

好きだったのよ、あんたのこと。母は俯く。その顔を覗き込む勇気も、能天気さも私は持ち合わせていない。

「私は、何も考えていなかったな」

「今からだって遅くないわよ。例えば、今後は私ととことん仲良くするとかさ」

お父さん、嫉妬《しっと》しちゃうかしら。そう言って顔を上げ墓石を見つめる母の顔を、今度は逸らすまいと見続けた。


帰宅し、母が買ったバームクーヘンと私が買ったバームクーヘンを改めて切り分け仏壇に置けば、その二つの扇型が耳のように見えなくもなかった。

「それにしてもどうしたのよ、今日は突然」

「色々あって」

「そう。まぁ、それ以上は聞かないわ。あんたも大人になったってことにしとく」

　両親は、私を無理に知ろうとはしない。その代わりに考えてくれる。知ることのできないことを、埋めようとしてくれる。だから優しくて、強い。

「ねぇ、お父さんと私で川に行ったことがあると思うんだけど、その日のこと、覚えてる？」

「さぁね、何度も行ってたから、いちいち覚えてないわよ。いつのこと言ってるの」

「お姫様抱っこされて帰って来た日のこと」

「それこそいつもだったじゃない。なにあんた、覚えてないの？」

　母の鳴らすおりんは、小さく当てただけに見えたのにどこまでも続いていくようで、私の沈黙を埋めるには充分過ぎた。それに情けなくも肩を借り、寄りかかり、私は父と過ごしたはずの季節を探る。夢のようで、でも夢ではない。

「ごめん」

「私に言ってどうするのよ」

「ごめん」

「いい加減にして。気持ち悪い」

叱っているのではない。呆れている。でも、すぐに母は柔和な顔に戻り、臙脂《えんじ》色の綿に張りのある座布団を平手で叩いて、立ったままの私を促した。

「言ったでしょ、遅くないって」

母は、私を抱きしめたりしない。私は、母に抱きしめられたかったし、抱きしめたかった。優しい母に甘えているのを分かっていて、それでは駄目だと分かっていて、代わりに両手の指を組み合わせ祈るようにする。

「また来るね」

*

吉野さんが指定したのは初めて二人で話した店だった。

到着を待つ間、慌ただしい動悸《どうき》が毎秒ごとに圧迫感を増していった。注文したアイスコーヒーは一吸いで半分ほどが減り、カーテンが開かれて初めて天気を知るのと同じに、一辺の長い正方形の氷が積み重なっているのが明らかになる。一杯四百円。せっかくだからとミルクを流し入れれば、待ち構えていたかのように氷の中央の凹みがそれを吸い込んだ。深呼吸で背筋を正し、ストローではなく直接グラスに口をつける。ミルクの粘り気が唾液《だえき》の少ない口内で居座り、固形物となっていく。お冷で音の出ないようゆすいでも消えず、吐き出すわけにもいかないそれを飲み込めば気分が悪くなった。その間も動悸は治まらず、スマホで時間と通知を確認してから、冷たいテーブルに肘をついたまま手を挙げ店員を呼んだ。

「これを、あ、いや、やっぱりこっちで」

「かき氷のミニサイズですね。かしこまりました」

通路を挟んで斜め前に座る二人の女子高生が食べているものの半分ほどのサイズ。でも、値段も半分というわけにはいかない。ほんのりレモンの香るコーラ味。グラスに残った氷を砕いて作ってもらえたりしないのかと、ありもしない要求を店員の背中へ薄く伸ばした。

「こんにちは」

「こんにちは」

荒い目の氷に柄の細いスプーンを突き刺す私の視線の外から、似たような声質だが活《かっ》舌《ぜっ》に差のある声がする。

すぐに視線を変えられず、ガラス容器の底に溜まった色の薄いコーラを見ていた。憧れの芸能人に町でばったり会うようなことがあれば私は、今と同じく俯き、自分から声をかけたりはできないだろうと、無駄に高速回転する脳で思った。

「加奈子？」

その声で呼ばれてやっと、顔を上げられた。さっきの声には気づきませんでした、みたいな顔を必死でつくる。

「あ、すみません。えっと、こんにちは」

「そんなかしこまらなくても」

吉野さんもどこか気恥ずかしそうに俯いてくれたことに、また急いで店員を呼ぶ姿に、安易にも救われる。動悸が均《なら》されていくのを、コーラの味が濃くなった気がすることに透かして感じた。

「えっと、初めまして。お兄ちゃんの方がマサトくんで、弟くんの方がカケルくん、だよね」

「そうだよ」

「はい、そうです」

吉野さんを挟みソファ席に小さく座る二人は、テーブルの下に隠れて見えない部分を小刻みに揺らしながら私を見る。お冷のコップが、空気が、揺れていた。スニーカーの内側同士がぶつかる低い音がする。マサトくんは鼻の形が、カケルくんは目元が吉野さんによく似ていた。

「緊張してるみたい。いつもは二人とも、もっと賑やかなんだよ」

吉野さんは半袖とノースリーブの真ん中くらいのサマーニットを着た両腕を伸ばし、二人の背中を摩る。滑らかな脇が瞬間覗いた。

これまで思い描いてきた「お母さんとしての吉野さん」よりもずっと今目前にいる女性は、お母さんとしての要素を存分に振りまいていた。底抜けに優しく、でも、どこか厳しさも持ち合わせているようなお母さん。しかし、それが絶対的に吉野さんであることが私を安心させる。

「私も緊張してるので、むしろありがたいというか」

「何言ってんの。でも、私も緊張してる」

吉野さんと揃って小さく笑えば、子供たちが不思議そうに私たちを交互に見た。

「でも本当によかったんですか？　せっかくの家族の時間なのに」

「いいの。加奈子には二人に、二人にも加奈子に会ってほしかったから」

恥ずかしい台詞のはずなのに吉野さんは真っ直ぐだった。私も言葉通りに受け取ろうと思った。

「ほら、この人がお母さんのお友達よ」

そう言って紹介されてしまえば、少しは和らいでいた緊張と押し込んだ気恥ずかしさが再び熱を取り戻した。ただ、たとえそれが子供たちに分かりやすく伝えるためだけに選択された言葉だったとしても、「友達だ」と、そう言ってくれたことには手放しの嬉しさを感じた。肩の荷が下りるような、自分の立ち位置が、身の振り方がはっきりするような心地。だから努めて優しい顔で、

「お友達の五十嵐加奈子です」と、自己紹介をした。

そこからの時間は穏やかだった。子供たちがする小学校や習いごと、流行りものの話、それから私の話。それらが澱みなく時間に溶けていく。

吉野家の父親の話だけは避けなければと身構えていたが、父親のことなど全くと言っていいほど知らない私にとって、それは要らぬ心配だったらしい。全てを知る必要などないと、並んで座る三人にだけ思いを巡らせていようと、その見た目だけでなく、当た

り前かもしれないが纏う空気感が似た三人を見ながら思った。自然と柔らかくなる自分の口調がおかしかった。

唯一、子供たちが迷わず注文した見覚えのあるトーストを見た時にだけ胸が痛んだ。これまで犯してきた吉野さんに対する罪が今まさに目の前にはあって、それは今後私がどう取り繕うとも取り消すことの叶わない歪みであると、脇から次々に流れた汗で意識した。青のブラウスに染みができているのが見ずとも分かる。

「ねぇ、加奈子さん？」

それまでとは違う、少し大人びたカケルくんの口調は私をどきりとさせる。声変わりなどまだまだ知る由もないその声が、吉野さんによく似ていた。それも、これから大事な話をするよ、という時の声色に。

「お母さん、吉野じゃないよ」

それだけで全てが分かったような、それでいて全てが分からないような感覚に襲われた。

胸を埋めていた数々の事柄が途端に形を失い、手を添える暇もなく脆く崩れていく。同時に、川を氾濫寸前まで追いやったあの雨が私に流れ込む。細く頼りない私の川はすぐに氾濫を起こし、嫌な匂いのする濁った水が全てを飲み込んでいく。土手の上から眺めているだけの私さえも攫《さら》い、行く当てもなく流れる。海に向かってくれるならまだよかった。

「海老名《えびな》っていうんだよ」

カケルくんは疑いを知らない目で私を見る。似ているだけだった目元が、声色が、今ではもう吉野さんそのものだった。いや、吉野ではないのか。

少し立ち止まれば気づけるはずのことだった。いや、私は充分に立ち止まっていた。でもそれは、立ち尽くしていただけだった。夫とは別れたと、私は確かに聞いていた。

「知らないの?」

その言葉でいよいよ全部が遠のいていく。音も、匂いも、映像も、また手触りさえ、何も残らない。自分のこの身すら。

遠くの私が彼女の悲しさを考えようとしている。子供に言わせるべき言葉ではない。子供から言われるべき言葉ではない。

遠くの私が耳を覆う。遠くの私が耳の硬さに気づく。遠くの私が嘔吐《おうと》する。

遠くの私を、吉野さんが、海老名さんが摑む。

「いいの！　いいんだよ！　加奈子！」

私の抜け殻だけが戻って来る。映像を残したままで。邪魔だな。気持ちが悪いな。

「本当に、大丈夫だから。加奈子にそう呼ばれていたことも、今カケルが言ったことも、どっちも正しいから」

でも、私は正しくない。

「美穂」

「そう！　お母さん、美穂っていうんだよ！」

マサトくんの声が、すぐ隣から聞こえてくる。いつの間にか私の隣に座ったマサトくんは私の手を取り、小さい顔の前で握っている。

脇汗、臭くないかな。どう足掻いても今考えるべきではない余計な詮索が、空っぽになった私に情けなく質量を与える。荒くなった呼吸を氷の溶け切ったお冷で抑え込もうとすれば、すぐに咽《むせ》た。マサトくんに私の唾がかかり、はっとして彼女を見れば、目尻の皺が目立っていた。

「大丈夫？」

マサトくんは上目遣いで私を覗き込む。一寸の曇りもなく投げられたその言葉には、

「大丈夫だよ」と返す他なかった。しかしおかげで視界が冴《さ》えてくるのだから、私はここにいる誰よりも弱いのだった。

「えっと、ごめんなさい」

わけが分からないといった様子で謝るカケルくんに私は、何も返せないままでいる。

「ごめんね、ごめんね」と繰り返す私の声は、どこにも届かず、聞こえず、ただ輪郭だけがある。

「吉野でも、海老名でも、なんでもいいんだよ」

彼女の声は、私の硬い耳をこれ以上なく優しく包んでしまう。

「カケル、大丈夫だよ。ごめんね」

彼女は、隣で丸くなるカケルくんに覆い被さるようにその小さな身体を抱きしめ、私が伝えるべきだった言葉を俯いた頭に顔を埋めて送り込む。

「加奈子、楽しい話しよ」

アイスコーヒーの氷が音を立てて崩れた。かき氷は食べ切っていて、器に汗が浮いている。私はお冷を握ったままでいる。店員がこちらを見た。食器を下げたいのだろう。

「どうして泣いてるの?」

私の横から動こうとしないマサトくんに言われ、私はおしぼりをこれでもかと眼球にめり込ませた。

「私、初めは加奈子に言わなきゃって思ってた。でも言い出せなくて。そしたらそのうちに、まぁいいやって思うようになって。だって、本当に間違っていないから」

私の顔が、仕切りのないテーブルの向こうから彼女の両手によって潰される。その拍子で舌を噛んだ。鉄の味が広がって、私はもう一杯コーヒーを飲もうと思った。

「変な顔！」

そう言って笑う子供たちを前に、私は成す術なく笑った。


「この後はどうするの？」

会計を済ませる彼女は、普段通りに話す。今回ばかりは、と私は彼女に千円札を握らせる。何も言わないまま受け取ってくれる彼女の優しさは果てがなかった。

「ドラックストアに」

「日常過ぎるね」

彼女が笑っているのが嬉しくて、でも悲しい。

「僕はコンビニ行きたい！」

「俺も！」

両腕を二人に引っ張られバランスを崩す彼女は、優しい顔のまま私から離れて行く。不意に子供たちが振り返って、私に手を振った。彼女にそうしろと言われたのかもしれない。その小さな身体が、もう随分と遠くにあるように見えて焦った。

「ばいばい！」

遠くから言われてしまい、それは今生《こんじょう》の別れになるとすら思えるほどの切なさを伴って、私の耳を引き裂いた。

「また、会ってください！」

遠くなる彼女たちに、精一杯に叫んだ。無我夢中だった。本当に声になったのか、これは私の頭の中だけで響く声じゃないのかと、不安になった。

「もちろんだよ！」

頭に残った自分の声よりも大きな声が返ってくる。その後で、喉の奥から血の味がした。

＊

いつもの冷たいカートを横目で通り過ぎ、ずらりと並んだ詰め替え用容器を無視し、ボトルの棚に向かう。

どれも同じに見える。同じ形に、同じ色に、同じ謳《うた》い文句。でも、中身は違う。本当に違うのか？

名前の知らないものは怖くて使えない。聞き覚えのあるいくつかの前で立ち止まる。聞き覚えのあるものは総じて安かった。違う、そう思った。

数歩引き返し、眺める。髪の長い女が来る。ノースリーブの青いワンピースには皺一つなく、低いが光沢のあるヒールからは軽快な音がした。女は私の前を通り過ぎ、詰め替え用を二つ籠に入れた。女の匂いが私の前には残っている。甘い、でも清潔な匂い。

追いかけた。こっそりと。そうして籠を盗み見て戻る。女が買ったものと同じものを探し、見つけ、そのボトル版を選ぶ。シャンプーとトリートメント。肘にかけた籠が途端に重い。

あとは勢いに任せた。化粧水と乳液。善し悪しが分からないから、高いものを。日焼け止めも高いもの。肌の調子を整えてくれるらしいサプリ。いつぶりに買い替えるか分からないムダ毛処理の剃刀《かみそり》。

重くなっていく籠を肘から外し、二リットルの水と野菜ジュースを二本ずつ。あ、と口に出し、ホワイトニング効果のある歯磨き粉を。それから舌を磨くブラシ。

ゾッとする値段になった。レジの女は顔色一つ変えない。目の周りをぐるりとオレンジに塗った女だった。

「袋詰めはあちらでお願いします」

冷たい声だった。まだマスクをしていた。

重たいビニール袋を両手で持ち上げ、地面に触れるか触れないかで運ぶ。私を痛めつけるものは、私を綺麗にするものだった。

帰宅し、後悔が来る前に全て入れ替えた。前のものは残っていても捨てた。クーラーの冷房を二度下げれば、私の空洞を爽やかな風が吹いて、なのに板張りの床は暑かった。

研修を終え、明日が正社員として初めての出勤日だった。

私は船酔いするたちらしい。

*

「甲板に出るといいよ」と彼女に言われ、つい先ほどまではあれだけはしゃいでいたのに、今ではすっかり寝息を立てた子供たちを起こしてしまわないよう注意を払い、映画館のように並んだ深緑色の柔らかい椅子から立ち上がった。

高速フェリーの席は等級によって分かれ、一番いい席は個室で、それもベッド付きらしい。

【これより先、一等チケットをお持ちでない方の立ち入りを禁じます】

嫌に重々しく、金色に縁取られた扉の脇にはそう張り紙がしてあるが、チケットを確認する乗務員の姿は見えなかった。

私の膝上ほどの背丈の男の子が体当たりで扉を開け、中に入っていく。後から同じくらいの背丈の女の子が来て、きょろきょろと辺りを見回し不思議そうな顔で引き返したから、鬼ごっこか何かだろう。

誰もが使える畳の雑魚寝《ざこね》スペースは、つなぎを着た四十から五十代くらいの男たちが占拠し、固まって鼾をかいていた。横を通り過ぎる時、僅かに油の匂いがして私の吐き気は底上げされた。

甲板に出れば、冷たくさらりとした海風が私の髪を蹴散らし吹いた。雨の降る気配はないが、太陽は薄い雲の奥から顔を出すタイミングを見失っているようだった。

夏は終わり、短い秋がなんとか自己を主張しようと背伸びしている。通勤路にある銀杏《いちょう》は色づくその前に、ある風の強い日に全て葉を落とした。

カモメがやたらと飛んでいる。フェリーの通過に驚き跳ねた魚を狙っているのかと思えば、若いカップルがエサをやっていた。スナック菓子だった。女は未だ夏を引きずっているのか短いパンツを履いていて、そこから伸びる浅黒い太ももを男が撫でていた。カモメなどカップルにとってはどうでもいいのだと思った。

船体のお尻に立ち海を覗けば、フェリーのつくる濃く白い波が立ち上がり、それはすぐには消えず、私たちが進んできた航路を露わにした。通った後にできるもののはずなのに、初めから敷かれているもののようだった。それをフェリーはなぞっている。航路図は乗り込む前に見たが、私の妄想の方がリアリティがあった。陸はもうずっと遠くに、影だけがある。お昼に四人、フェリー乗り場の中にあった食堂で食べた柔らかい蕎麦《そば》の感触を、船内の自動販売機で買った割高のミネラルウォーターで流し込んだ。

【今度の週末、お盆に行けなかった実家へ子供たちを連れて行こうと思う。加奈子も一緒にどう?】

そう彼女からメッセージが届いたのは一週間前で、突然の誘いではあったが、土曜、日曜と二日続けて休みというその幸福を学生時代以来に思い出し、誘いに乗った。土日が休みの会社にしようと求人サイトを探っていたのは自分のはずなのに、入社して一カ月半以上、土日はほとんど寝て過ごしていた。当然、私がいては邪魔なのではないかとも疑ったが、彼女が離婚後初めて実家に帰るのだと聞けば、その心細さを過大に尊重することにした。

彼女の元夫は、離婚の話がまとまるその前に子供たちを連れて出て行ってしまったらしく、だから彼女に限らず子供たちも、久しぶりに母方の祖父母に会うようだった。

彼女の実家のある離島は、県内出身の者がフリーハンドで日本地図を描くことがあれば書き落とすなどあり得ないが、それ以外の者が必ず描けるかと言えばそうではない。私の親世代であれば、県内の小学生のほとんどが修学旅行で訪れていたという。私は確か東京だった。しかし、コロナ禍の影響から県外へ出ることが憚られるようになったこの一、二年で、その風習が舞い戻って来たらしいことを、いつだったかのニュースで聞いた。私自身はすごく幼い頃に家族で来た気もするが、定かではない。

カモメのものだろうフンを避けて甲板を歩いているうち、冷えが船酔いを追い越した。裏起毛のパーカーのポケットの中で手指を絡め、夏に比べて指が細いことを、思えば毎年そんなことに驚いているなと吐き捨て船内へ戻れば、眼鏡が曇った。また冬が来る。いや、その前に父の一回忌がある。来週末だ。

自席へ戻りながら改めて雑魚寝スペースを見やれば、さっきのカップルが横並びで寄り添い寝ていた。つなぎの男たちは壁際に追いやられ、おそらくは狸《たぬき》寝入りだった。思わず片方の口角が上がった。

「大丈夫?」

彼女は小声で私に言い、私の席に置いていたリュックを自身の膝に戻した。二人はまだ寝ている。上下する胸のリズムがぴったり合っていた。

「割と平気です。ありがとうございました」

「自分で漕ぐのと乗っているのじゃ、全然違うみたいだね」

「一緒にするのは違くないですか。種類が違いますよ」

「ふふ」と拳をつくって口元に添える彼女は、子供の寝顔を守る人そのものだった。

「あ、これあげる」

彼女の膨らんだリュックから出てきたのは大袋のチョコと飴で、突沸《とっぷつ》のように鼻の奥が熱を持ち、つんと痛んだ。

「大きなリュックだなって思っていたんですけど、もしかして……」

「そ、お菓子とジュースばっかり。二人が駄々こねたら嫌だなって。だって、船内の売店も自販機もすっごく高いから」

ファスナーが開かれれば、その通りだった。彼女もチョコ菓子を食べ始める。


港に着くと、彼女は手を振りながら古いハイエースに駆けて行った。少し眠ってしまった私とほとんど熟睡のまま一時間弱を過ごした子供たちは、目を擦りながらおぼろげな足取りでその後を追った。

お迎えの車が来ているのかと思えばそうではなく、レンタカー屋までの送迎車だった。

一時間に一往復しかしないらしい。

「父の軽じゃ、四人も乗れないから」

五人乗りのセダンのハンドルを握りながら言われる。広い助手席から後部座席を振り向けば、子供たちは別々のお菓子を存分に頬張り、その食べかすが股の間に積もっていた。レンタカーならどれだけ汚しても大丈夫だろう。

私がいなければ乗れましたよね、そう言いかけて、彼女はそんなこと思いもしていないからわざわざ人数の話をしたのだと堪える。

「それに古くてさ、心配なんだよ。子供たちを乗せるには」

苦笑して言う横顔の外を、海が流れていく。灰色の空にやられ、青いはずの海も鈍い灰色がかって見える。マッチョは海の色をどう説明していたのだったか。

「前も言ってましたよね、そんなこと」

避けていた話題が口をついたが、子供たちはお菓子に夢中だろうと、それ以上は考えないようにした。

「そう言えばそうね。私、子供の頃から父の車が苦手で。発進する時に変な音が鳴るし、走っている最中もね、すごく揺れるの。その反動で母の車が好きだった。決して新しいとは言えないんだけど、父のよりはずっとましでね。それにCDが聞けたから。数年前に自損事故を起こしてからは運転をやめて、車も手放しちゃったんだけど」

私はどうだったろうと考える。天気の悪い日に学校へ送迎を頼んだこともあるが、別にどちらが来ても何も思わなかった気がする。何も思わず、何も話さず乗って降りる。その間、両親は一人で運転する時よりも幾分か安全運転に努めていたのかもしれない。

「だからかな、元夫の車をあんなに責めたのは。初めて気づいた。うん、きっとそう。ありがとう、加奈子」

お礼を言われることなど何もない。でも、自分がここに居てもいい理由ができた気がして、さり気なく姿勢を崩した。

十分ほど走れば海は見えなくなり、車道がやけに広い二車線の道に出た。チェーンの飲食店や家具屋、携帯ショップが並び、その様相は離島にいることを忘れさせた。

「意外と栄えているでしょう?」

彼女は自虐的に言う。

一本脇道に逸れれば一気に田舎道で、錆《さび》ついたトタン屋根の酒屋や八百屋、また魚屋がいくつも見受けられた。合併により名前が変わったために看板だけが新しい銀行の脇を抜け、がらりとした月極駐車場をいくつか通り過ぎれば、車は減速した。古いが大きな家の前で一旦停止し、おそらく元々は母親の駐車位置だったのだろう場所でエンジンは止められた。

私たちが車から降りるより先に、フロントガラスの前に老夫婦が並んで立っていた。彼女は母親似のようだったが、それ以上にマサトくんと父親、マサトくんからすれば祖父だが、二人がとてもよく似ていた。どこがではなく、そう思わせる何かがあった。あと六十年ほどすればそっくりな気がする。ここに至って揺らぐこともない血の繋がりは、私の活舌を鈍らせた。

「は、はじめまして」

「加奈子さんだよ！」

私の声に被って、カケルくんが紹介してくれる。彼女に背中を軽く叩かれ、酷く猫背の自分を恥じた。上げた視線の先で、ご両親は微笑《ほほえ》んでくれていた。

「いらっしゃい」

表札がちらと見えたが、その文字を読みはしなかった。

夕飯の時間は子供たちのオンステージだった。出前をした寿司を食べ、喋《しゃべ》り、踊り、また食べ、喋り、踊り。それを手拍子で盛り上げるお母様と、どんなに支離滅裂な話でも笑顔で頷き、時に「それはこういうことか？」と後押しするお父様は、とても優しい人たちだった。また離婚後一度も帰らず、帰って来たと思えば知らない女を連れて来た娘に疑問一つぶつけないところを見れば、その優しさは愛と言えるのだろうと、恥ずかしい表題を立て掛けた。

そして私も、その対象の中にいさせてもらえた。孤立など感じる隙もなく話が振られ、何を言っても肯定が返ってきた。無邪気な二人も私の手を取り踊ってくれた。彼女がどこまで話したのかは分からない。ただ、私の家族の話には深入りされない、その事実が全てだった。

ここは優しい場所だった。

「美穂が迷惑とか、かけてない？」

「いえ、そんな。私が海老名さんにお世話になっているんです」

狙ってそう呼んだのではない。だから余計に、私だけが優しくない気がした。

二人が疲れ果てリビングで寝てしまうと、会は自然とお開きになった。お父様がマサトくんを、彼女がカケルくんをお姫様抱っこで敷布団の敷かれた和室へ運んだ。その間、お母様は洗い物をしていて、私が手持ち無沙汰なままの焦燥感でキッチンへ向かえば、彼女はすぐに駆けて来て私を制した。

「加奈子はいいよ、休んでて」

「いや、そんなわけにも」

「いいのよ、加奈子ちゃん。ほんとに」

お母様にも制される。気配がして振り向けばお父様が腕を組み、例のやり方でもって頷いていた。

「お風呂、入ってきな」

そう言われてしまってはもう、私にカードは残っていなかった。

「加奈子、ゆっくりでいいからね」

そこまで言わせてしまう。卓袱台《ちゃぶだい》に三つ置かれた湯呑みの意味を、「ありがとうございます」に含ませた。

「海には飽きてるの」

彼女は言って、狭い山道でアクセルを踏んだ。その揺れが楽しいらしく、朝には「海に行きたい！」そう言っていたはずの後部座席の二人も、今ではすっかり上機嫌だった。

昨晩散々聞かされたアニメの主題歌が、今日もうろ覚えの歌詞で歌われる。音程のズレには、リビングに敷かれた布団で一人、なかなか寝つけなかったために見た動画サイトで気づいた。正しく歌って見せれば、「加奈子うまいじゃん！」と、突然のマサトくんからの呼び捨てにどきりとした。

山道は川に沿って続いていて、助手席の窓をかすめる、まだ緑の部分の残る赤や黄の紅葉の間から、澄んだ水が見えていた。浅い川らしく、川の中に石があるというよりは石の間を川が流れているという具合だった。

「僕もそっちの席がいい！」

と、カケルくんがマサトくんを揺らす。車に乗る前にはお母さんの後ろがいいと言っていたのに。でも確かに、運転席側から見えるのは苔《こけ》の生えた岩肌くらいで、つまらないだろう。カケルくんにも見えやすいようにとマサトくんが窓を開けると、冷え冷えとした空気が車内を満たした。清潔な風だった。

傾斜の急な道を登ってそれから同じだけ降れば、道が開けた。蔦《つた》の這《は》った『キャンプ場』の低い看板が見え、そのすぐ脇の細い道を彼女は少し速度を上げて走った。

キャンプ場と言ってもただ広いだけの場所で、バーベキューをするような炊事場も、事務所のような建物もなく、男女に分かれることもない仮設のトイレと、石のスツールが置かれた背の低い東屋《あずまや》が点在するだけだった。

「昔、家族で来たことがあってね。いつのことだったかは忘れたけど。でも、楽しかったのは覚えてる。水着を着て川で遊んで、西瓜《すいか》を川で冷やして食べて、夜はスーパーで買ってきたお弁当を食べた。寝たのは父の車の中だった。すっごく暑くて夜中に起きちゃって、外で寝てたらね、翌朝何十箇所も蚊に刺されてさ。あれ、私意外によく覚えてる」

彼女は両腕を子供に取られ、背の低い草を踏み締めながら川縁へ向かう。私はお母様が持たせてくれたカイロを揉《も》みしだき、息が白くはならないことを確認しながら歩いた。

川幅は広いがやはり浅く、注意深く石を渡って歩けば中州まで濡れずに行けそうだった。川は底が透けて見えるほどに澄んでいて、夏であれば迷わず裸足になり踏み入っただろう。生き物か植物の破片かの判断がつかないものが流れている。ゴミではなさそうだった。

「入ってもいい?」

純真な目で言う二人を、彼女と一緒になって止める。彼女は笑っていたが、私は若干引き気味だった。でも、私が彼らくらいの頃であれば同じようにしたかもしれない。

「入っちゃ駄目なのになんで来たの!」

カケルくんの意見はもっともだった。マサトくんも大きく頷く。二人は諦める様子を見せない。

「お母さんが来たかったからです!」

彼女は胸を張った。二人が身体を揺すり、またしがみついてもブレない。川を見据えたまま、瞬きすら忘れたように見えた。相変わらず大きな黒目が羨ましい。それがゆっくりと私を捉え、止まった。彼女が何を思っているのか何となく分かる。

「カケル!」そう叫び、川に這いつくばった彼女。頑《かたく》なに運転席を譲らなかった彼女。今、彼女の右足と左腕には愛する我が子が全体重でもってぶら下がっている。流れていくはずも、浮き沈みするはずもなく、彼女を支えに生きている。彼女もまた、その重さのおかげで流れていかずに済んでいる。

私は彼女の右手を握った。温かい手だった。カケルくんが愛らしい上目遣いで私を見上げる。下から見上げられるのは嫌だな、ブスに映る。だからなるべく綺麗に笑った。

「少しならいいでしょー」

「だーめ、冷たいし、川は危ないのよ」

「大丈夫だよ、学校のプールより浅いし！」

「プールは流れていないでしょう?」

「流されないよ！　このくらいじゃ！」

　彼女はやっぱり笑ってしまっている。二人は、そのあしらわれるような感覚に憤ってもいるのだろう。ばたつかせる短い手足が今にもぐんと伸び、川に届きそうだった。

　二人とも、きっとすぐに大きくなる。そうして今日のことを忘れてしまうのだろうか。川に入ったわけでも、西瓜を食べたわけでも、ボートに乗ったわけでもない今日を。それはとても寂しいことに思えた。だから私は、余分と思えるほど息を吸い、助走をつけた。

「入らなくてもできることがあるんだけど、やる?」

　一瞬の静寂の間を川から吹く冷たい風が彩り、二人の表情が憤りから疑心、その後で期待へと変わる。子供の表情は分かりやすいというけれど、本当かもしれない。だからって、子供は何も考えていないわけではない。彼らには彼らの苦しみや惨《みじ》めさがあって、それを知ろうとしないのは、考えようとしないのは、大人の怠慢でしかない。罪と言っていい。彼らは父親の話をしない。きっと、父親の前では母親の話をしないのだろう。

「なるべく平たい石を探すんだよ」

比較的水深のある場所を探し、五分ほど上流側に歩いて河原に出た。形も大きさもバラバラの石がソールの薄いスニーカーの下から足裏を刺激する。

「これは?」

「厚いかな」

「これは?」

「大き過ぎかな」

「加奈子、細かい!」

気づけば、カケルくんも私を呼び捨てにしている。

「これならどう?」

彼女が探し当てた石はまさに適任だった。

「じゃあ、お手本どうぞ」

「え？」

「え？　って！　加奈子が言い出したんでしょう。水切りしようって」

それはそうなのだが、いざお手本と言われても私には僅かな記憶しかない。あの日だって、私は投げなかったのだ。でも、母の言葉を信じれば私はおそらくやったことがあるはずで、ならばと、例えば自転車は何十年と乗っていなくても一度乗ればずっと乗れる、身体が覚えている、という情報源が曖昧な言葉を持ち出し、まずは川に対して横を向き膝を軽く沈ませた。

「いけー」

カケルくんが言う。途端に恥ずかしくなる。

「ねぇ、これはどう？」

マサトくんはマイペースで、私の緊張などお構いなしに石を見せてくる。いいんじゃない？　と、顔さえ見ずに言ってしまった。

上半身を倒す。足も腰もぎこちなく軋み、淡く残る父のような体勢にはなれていない気がしたが、もう腕は振られ、あとは石を離すだけのところまできている。諦めるように放ち、残りは祈るだけになった。しかし、祈る間もなく石は沈んだ。一度跳ねただけ

だった。それなのに、

「すげぇ、跳ねた！」

「僕もやる！」

二人ははしゃぎ、私を崇《あが》め腕を揺さぶってくれた。彼女だけが全然駄目ねという洋画の登場人物のような表情と仕草で私をおちょくるのだった。

結局、子供たちの方が断然うまかった。マサトくんに至っては数メートル先の中州まで石を跳ねさせた。回数は二桁に届いていた。私は何度やっても三回が限度で、また、彼女もそんなものだった。

二人は何度も繰り返す。たとえ一度や二度で沈んでしまっても、次々と。

跳ねる、跳ねる、跳ねる。

「楽しいねぇ」

五回跳ねさせたカケルくんが飛び跳ねながら言って、それから私と彼女は、石を集める全自動マシーンになった。

フェリー乗り場まで見送りに来てくれたご両親は、私に名産だという海藻を持たせてくれた。お父様の車は確かに古く、不安なブレーキ音は安全性に欠いていた。

「今度はお正月に来るね」

彼女が言えば、「すぐに来たい！」と子供たちはご両親の腰に手を回した。決して演技じみてはいない。でも二人は、そうするべきだと思ってしているのかもしれない。そう考えてしまうのは、優しさとは違うだろうか。

乗船ゲート手前で彼女が二人を連れてトイレに行ったために、私とご両親が残された。少し気まずいとも思ったが、突然にお母様に手を握られ、また、お父様には肩に手を置かれ、驚きが上回った。その熱を持った手に、これは遺伝なのかと呆けてしまう。

「加奈子ちゃん、ありがとうね。加奈子ちゃんのおかげで美穂は帰って来れたんだと思う」

「いや、そんな」

「本当だよ。美穂、ずっと一人で悩んでた。私たちも手出しできなかった。怖かったの、あの子が。明るくて、優しかった美穂が変わってしまったみたいで。でも、加奈子ちゃんがいたから一人にならずに済んだと思う」

私は何も言えなかった。私はただ彼女の優しさに甘えていただけだった。そればかりか傷つけた。傷をえぐった。感謝するのは私の方だった。苦く辛い、熱い唾が喉のすぐ近くで溢《あふ》れた。膝の震えは寒さでも、水切りによる疲れでもなかった。

「加奈子ちゃん、優しいんだね」

お母様は、潤《うる》み三日月型になってもなお存在感のある瞳で私を見つめ、強く手を握り直した。零れ落ちそうな涙袋が品のよいパープルに光る。

三人が戻って来て、ご両親は私から離れた。

「どうしたの？」

「なんでもないよ」

お母様は言って、彼女の背中をどんと叩いた。お父様は腕を組んでいた。カケルくんが彼女のお尻をパンチした。

フェリーに乗ってすぐ、マサトくんもカケルくんも寝てしまった。寝にくい椅子の上で、頭をかくんと擡《もた》げている。

「横にしてあげましょうか」

私の提案に彼女は柔らかな表情で了承した。彼女がマサトくんを、私がカケルくんをお姫様抱っこした。

「王子様抱っこか」

彼女がふざけるので、笑いそうになる。起こしてしまってはかわいそうだ。カケルくんの体温が腕を伝って私に移る。単にその重さから来る筋肉の叫びかもしれなかったが、それでは味気ないと思った。甘い汗の匂いがする。

雑魚寝スペースには昨日と同じつなぎの男たちがいたが、私たちを見るなり壁際に寄ってくれた。

「すみません」

「いえいえ、かわいいお子さんですね」

「ほんとだ、めっちゃかわいい」

二人の寝顔を遠目から覗き込んでいる。

「すみません」

「いいんですよ、僕たちなんて。お二人は、姉妹ですか?」

彼女と顔を見合わせた。彼女の頬は酷く赤かった。私も同じ顔色をしているだろう。この頬の熱は、カケルくんのものではなかった。男たちは不思議そうにしていた。優しい人たちだった。

気づけば四人、並んで寝ていた。フェリーの揺れも、乗客の声も、もうすぐ到着だと告げるアナウンスも私を起こさなかった。起こしてくれたのはカケルくんの寝相の悪さだった。かわいい足が脇腹に炸裂《さくれつ》する。

＊

【本当にありがとう。一緒に来てくれて。考えたんだけど、やっぱり吉野さんのままがいいな。それで慣れちゃった。私は、加奈子って呼ぶけど】

帰宅し開いた彼女からのメッセージは、私の掌の上で熱を持った。続けて、ボイスメッセージが入る。

「加奈子、ありがとう。水切り、教えてくれて。また、遊んでね。今度はラフティング、してみたいよ」

マサトくんとカケルくんのハモった声の前に入った彼女の「せーの」を私は逃さない。

彼女がこれを送ろうと言ったのだろうか。それとも、二人が送ろうと言い出したのだろうか。
スピーカーモードで響かせた彼女たちの声が、六畳一間を際限なく埋めていく。喉の奥が熱い。姿見の前まで這って行き、汚い顔のままダブルピースを向けてみた。思いのほかうまく笑えていた。

【優しすぎますよ】

打ち込んでから、これは違うなと、優しい返信ではないなと削除した。

「私こそありがとう。また遊ぼうね。ラフティング、一緒にやれる日が楽しみです」

録音した声は、確認することなく送信した。どんな声だとしてもそれが今の私の精一杯だった。恥ずかしさは不思議となかった。
彼女の顔が見たくて写真フォルダを開いたが、写真など一枚も撮ったことがなかった。それが悲しくて、私は私の全力で彼女の顔を頭で描いた。目は、鼻は、口はと考えているうちに、

【絶対行こうね！】

とメッセージが届き、それが彼女の顔と声で再生された。彼女はどこまでも強く優しい。そんな彼女が私は大好きだ。

「吉野さん」

小さく開けた唇からその名前が溢れて、私はたまらなく安堵する。

寒い夜だった。母に電話をしたが出なかった。寝ているのかもしれない。鈴虫が穏やかに鳴いていた。でも、その仕組みは穏やかではないらしい。

【バームクーヘンは、私が買います】

母が一人で食べ切る前に、持ち帰って来よう。子供たちはバームクーヘンが好きだろうか。私は、一人では食べ切れない。

(了)

佐藤 凜 さとう・りん
1998年静岡県生まれ、新潟県育ち。新潟大学経済学部卒業。光村図書出版の第61回「飛ぶ教室」佳作、集英社の第222回「コバルト短編小説新人賞」最終選考。本書で第10回「エネルギーフォーラム小説賞」受賞。

跳ねる、跳ねる。

2024年3月25日第一刷発行

著者　佐藤 凜
発行者　志賀正利
発行所　株式会社エネルギーフォーラム
〒104-0061 東京都中央区銀座5-13-3 電話 03-5565-3500
印刷・製本　中央精版印刷株式会社
ブックデザイン　エネルギーフォーラム デザイン室

定価はカバーに表示してあります。落丁・乱丁の場合は送料小社負担でお取り替えいたします。

ISBN978-4-88555-540-4